光文社文庫

文庫書下ろし／長編歴史小説

翔べ、今弁慶！
元新選組隊長 松原忠司異聞

篠　綾子

光　文　社

この作品は光文社文庫のために書下ろされました。

目次『翔べ、今弁慶！』

翔べ、今弁慶！

元新選組隊長 松原忠司異聞

一章　新選組の今弁慶

一

「新選組、四番隊隊長、松原忠司」

副長、土方歳三の声が降ってくる。高くも低くもない声の特徴は、その冷たさにこそあった。何をしゃべっても熱を帯びないその声は、時と場合によっては震えがくるほど恐ろしい。彼が「鬼」とあだ名される理由の一つがこれだろうと、忠司は場にそぐわぬことを考えていた。

心ここにあらず、と見えたのだろうか。

「松原」

先ほどより険のある土方の声が降ってきた。

「はい」

忠司は顔を上げて答えた。恥ずべきことは何一つない。卑屈にならねばならぬ理由も。

忠司は土方を見据え、それから、正面に座る局長、近藤勇へ目を向けた。目が合っても、近藤は顔色一つ変えない。忠司に疑念の眼差しを向けるでもなければ、そこに哀れみの色を滲ませることもなかった。

穏和で懐が深いのは確かだが、土方より考えの読めぬ男である。しかし、だからこそ出身地も境遇もばらばらの隊士たちを、どうにか一つにまとめ上げていられるのだろう。

「貴殿はなぜここに呼ばれたか、分かっているのだろう」

土方が問うた。

無論分かっている——と、忠司は内心で答える。ここは断罪の場だ。

事実はどうあれ、新選組の隊士にふさわしくないと見なされた者が、局長をはじめとする隊士たちの前に引き出され、罪を認めさせられ、処罰を申し渡される場。

ここへ引き出された段階で、罪人となることは確定済みであった。何をどう申し開きしたところで、その言葉を信じてもらうことはできまい。

いずれにしても、自分は近藤や土方から、新選組にもはや要らぬ者と思われてしまったのだ。行動を怪しまれた者、近藤や土方の権力掌握の邪魔になると思われた者が、さまざまな形で消されていった。

自分にその順番が回ってきたのだと、忠司は静かに思った。

問われたことに答えず、目を閉じた忠司の返事を、土方ももう待たなかった。

「貴殿はとある外様の大名家に仕える女になじみ、機密を漏らした。これは、万死に値する裏切り行為だ」

土方は淡々と告げた。

忠司は目を閉じたまま、鼻からゆっくりと息を吐く。

そもそも、機密と呼べるようなものを自分は何一つ知らされていない。よしんば、公儀の敵である長州の間者が近付いてきたところで、自分には彼らの喜ぶような話は何もしてやれないだろう。

それに、土方はいかにも忠司が長州の女に通じたような言い方をしているが、忠司が親しくしていたのは薩摩藩の奥女中だ。薩摩は幕府の支えであり、禁門の変でも新選組と共に戦った間柄ではないか。

だが、それを訴えたところで無駄である。女が薩摩の者であり、長州とは無縁であると、どうやって示せばよいのか。無論、出自は明らかにできる。だが、女が長州と無縁であることは、何をもってしても明らかにできない。

この世において、「ある」ことの証は立てられても、「ない」ことの証は立てられないのだから。

いや、おるいが薩摩の者であり、長州とは無縁であることなど、近藤も土方も端から承知しているのかもしれない。

それでも、彼らは忠司が邪魔になったのだ。権力闘争にはほとんど興味を示してこなかったから、それが原因ではない。では何か。

半年前、脱走した山南敬助を連れ戻して処刑した近藤のやり方に、不服だったのを危ぶまれたか。あるいは、おるいが何者であれ、女にうつつを抜かす腑抜けを隊長にしておくわけにはいかぬと思われたか。

「申し開きがあれば、言ってくれ」

その時初めて、近藤が口を開いた。

土方よりずっと穏やかな物言いで、声には温もりがある。

忠司は目を開け、近藤を見つめた。近藤も忠司を見つめ返してくる。

時が止まったように、忠司には思われた。その一瞬の緊迫の時を経て、

「いえ」

と、忠司は短く答えた。

「言い訳もしてくれないのか」

今度は極めて遺憾であるというふうに、近藤は溜息を漏らした。

「残念だよ」

近藤の苦悩に満ちた声が終わるのを待ちかねたように、

「四番隊隊長、松原忠司に切腹を申し付ける」

という土方の冷たい声が続けられた。

背後に近付いた隊士が二人、言葉もなく忠司の腕を左右からつかみ上げた。

これより二年前となる文久三（一八六三）年八月十八日、尊王攘夷の急進派が朝廷から追われた。主導したのは、会津藩と薩摩藩で、新選組の前身である壬生浪士組は会津藩の預かりとして、これに参戦した。

忠司はこの時、大薙刀を手に、仙洞御所、禁裏の門の守護を務めている。その姿は「まるで武蔵坊弁慶のようだ」と言われ、「今弁慶」と呼ばれるきっかけに

なった。

一方、この折の働きが認められた壬生浪士組は、「新選組」の名を賜っている。

そして、急進派が一掃され、新たな体制が敷かれた都に現れたのが、公武合体論を唱える薩摩藩主の実父、島津久光であった。

「これはまた、剛力の士がいるものよ」

忠司が久光と顔を合わせたのは、翌文久四（一八六四）年一月のこと。忠司が二条城の門の警備についていた時である。久光はこの春、朝議参預に任ぜられ、同時に二条城老中部屋への出入りも許されていた。

五十になるかならずの高貴な男から、強い好奇心を向けられるのは、悪い気がしなかった。相手をあからさまに見ることはせず、忠司はすぐに目を伏せたが、

「新選組を代表する隊士の一人にございます、国父さま」

男の従者がそう耳打ちする声が聞こえてきた。

「ほう」

貴人の男はますます忠司に興味を示したようであった。ただし、その場で忠司に声をかけることはせず、そのまま門を通り、駕籠に乗って帰っていった。

（国父さまと呼ばれていたな）

今、京に滞在し、二条城に出入りする立場でそう呼ばれるのは、薩摩藩主島津茂久の実父、久光であろうと察しはつく。

(そうか、あれが薩摩藩の国父か)

公武合体論の推進者で、かつて上洛した際には、同じ考えを持つ孝明天皇から大いに頼りにされていたと聞く。ただし、尊王攘夷の急進派が朝廷で幅を利かせていた頃は我が意を通すことができず、いったん薩摩へ帰ってしまった。そのため、天皇は再三にわたって久光の上洛を促したという。

結果、急進派の動きが放置できないものとなり、久光の上洛を待たずに、京に残った薩摩藩士たちと会津藩で断行したのが、八月十八日の政変である。

(あの方が主上のお望み通り、京にいてくだされば、宸襟をああもお悩ませすることはなかったろうに)

そう思う忠司は、これまで久光にあまりよい印象を抱いてこなかった。所詮は苦労知らずの大名の血筋、我慢の利かない身勝手な男なのだろうと思っていたのである。

だが、ああして間近で見る久光は、思っていたよりずっと気さくで、かつ親しみやすさを備えた人物のようであった。

とはいえ、自分と関わりを持つ相手になるとは、この時はまったく思っていなかった。

事態が大きく動いたのは、久光を乗せた駕籠が去っていってからのことである。先ほど久光に従っていた若い侍が戻ってきたのであった。

「いかがなされた。お忘れものか」

忠司が声をかけると、「いや」と若侍は答えた。

「私は薩摩藩士で、伊地知十兵衛（いじちじゅうべえ）と申す。先ほどのお方は藩主のご実父、島津三郎（さぶろう）さまであらせられる」

伊地知は丁重に挨拶した。

「それがしは新選組隊士、松原忠司である」

忠司も名乗り返した。

「うむ。今弁慶殿だな。貴殿の評判は聞いている」

伊地知の物言いは少し柔らかなものとなった。

「たいそうな名をつけられてしまい、困惑している。坊主頭に鉢巻、薙刀を持っていただけのことであろうに」

「いや、政変の際、禁裏をしかとお守りした功績によるものだろう。ご不快であれば、もうさようなことは口にしないが……」

伊地知は濃やかな配慮のできる男のようであった。

その後、伊地知から坊主頭は出家しているためかと訊かれ、忠司はそうではないと答えた。今は乱世の時、髪結いなどに気を取られたくないため、思い切って坊主にしただけのことである、と。

忠司もまた、伊地知に薩摩の訛りがないのはどうしてかと尋ね、伊地知が江戸の育ちだと知った。今の藩主になってから国元へ移り、久光付きになったそうだが、久光も国と江戸、京を行き来するので、あまり一つのところに留まってはいられないのだそうだ。

そんなことを話し、互いに打ち解けたところで、

「国父さまが、貴殿を屋敷にお招きしたいとおっしゃっておられる」

と、伊地知は言い出した。

「薩摩藩の京屋敷に――?」

いったいどうしてと疑問が湧いたが、それを口にするより先に、

「国父さまはこれはと思う者を見れば、とにかく言葉を交わしたいとお望みになるのだ」

と、伊地知は告げた。為政者がそういう姿勢を見せるのは、よき人材を登用しようという気持ちがある時だろう。それ自体はすばらしいことだが、忠司のようにすでに仕える主君を持つ身であれば、取り立ててもらうわけにはいかない。つまり、互いに何の益にもならぬというのに、久光は忠司との対面を望むのだろうか。

「あまり深く考えることはありますまい。何も、貴殿を新選組から引き抜こうとおっしゃるわけではない。それに、貴殿らを統括する会津藩と我が藩は互いに手を取り合う仲だ」

確かに、伊地知の言う通りである。

そういうことならと、忠司は承諾した。

「それでは、また改めて」

伊地知はそう言い残し、久光の駕籠を追って帰っていった。

こうして、とりあえずの承諾はしたものの、忠司は本当に久光から屋敷へ招いてもらえると思ったわけではない。殿さまの気まぐれかもしれないし、仮に本気だったとしても、朝議参預となった久光にそのような暇があるのか疑わしいと思ったからだ。

しかし、この時の約束は実現の運びを見た。

それから、ひと月も経たぬ一月の終わりに、伊地知十兵衛が忠司のいる壬生屯所へ現れ、久光の言葉を伝えていったのだった。

「ぜひ、伏見の屋敷へお招きしたい」

洛中に大名屋敷をつくることは長らく禁じられていたので、大名たちの屋敷は郊外にある。もっとも、今の久光は洛中に留まっているのかもしれないが、ゆったりと寛げる大きな屋敷は伏見の藩邸なのだろう。

そこへわざわざ忠司を招いてくれるというのだ。

いくつか候補を示された中から、忠司が見回り任務のない時を選んだ。伊地知がそれを持ち帰って久光に伝え、久光の承諾を得て、忠司は二月四日の昼過ぎ、伏見の屋敷へ出向くことになった。

当日は伊地知が屯所まで迎えに来てくれた。

何度か話を交わすうち、忠司と伊地知は気安い仲となっていたのである。

そして、この日。

忠司は伏見の屋敷に仕える奥女中、おるいと出会った。

二

この日の島津久光は小袖に羽織という寛いだ姿で、二十畳もあろうかという客間に座していた。

「この度は国父さまのお招きにあずかり、恐悦に存じます」

忠司が頭を下げて挨拶すると、

「こちらこそ無理を言うてすまぬ。そちは我が藩の者でないゆえ、国父などと呼んでくれずともよい」

と、久光は気さくに言った。

「それでは、何とお呼びすれば――」

困惑して訊き返すと、

「この度、従四位下権少将に任じていただいたが、四位少将も堅苦しい。通称が三郎ゆえ、三郎と呼んでくれればよい」

と、久光は答えた。しかし、一介の侍が藩主の父を「三郎」と呼ぶのもおそれ多い。

「同じご身分のお方であれば、よろしいでしょうが」

忠司は躊躇ったが、

「それは思い違いであるぞ」

と、存外真面目な顔つきになって、久光は言った。

「我らが島津の祖、忠久公は三郎と呼ばれておられた。私がそれまでの『和泉』から『三郎』と名を改めたのは、忠久公にちなんでのことである。ゆえに、三郎と呼ばれるのは私の誇りなのだ」

「さようでございましたか。では、三郎さまと呼ばせていただきます」

忠司は素直に従った。

それから、久光はここぞとばかり、数々の問いを忠司に投げかけてきた。

八月十八日の政変の際の新選組の活躍ぶりに始まり、名の知れた新選組隊士たちの剣の腕前に関しても問われた。政変後間もない九月、新選組内部で起こった派閥闘争——近藤率いる試衛館派が芹沢鴨率いる水戸派を粛清した事件についても、興味深い様子で問われたのには閉口したが、それについては口外を禁じられているとして口を閉ざすしかなかった。

久光の方もちらと残念そうな表情は見せたものの、楽に聞き出せるとは思っていなかったのだろう、その後は話を変え、忠司自身の武芸についてさかんに問いを重ねた。

忠司は剣術よりは柔術（じゅうじゅつ）を得意とする。

天神真楊流（てんじんしんようりゅう）柔術を学び、北辰心要流（ほくしんしんようりゅう）柔術の道場を開いていたことなどは、忠司も余すところなく語ることができたし、久光も面白く聞いたようであった。

「すると、柔術とは必ずしも徒手（としゅ）というわけではないのだな」

「はい。棒術も伝えておりますし、短い武器も用います。相手の命を取るのではなく、隙（すき）を突いて相手を捕らえる、または我が身を守ることを目指したものですので」

「そうなると、屋内での戦闘となった場合、剣しか扱えぬ者に対して、かなり有利を取れるだろう」

「はい。屋内に限らず、狭い道や袋小路に追い詰められた際なども、動き方次第で勝利を得られるかと」

「なるほど。新選組は剣豪の集まりと思うていたが、そちのような者もいたのだな」

そんな話を交わすうち、奥女中が茶と菓子を運んでくれた。

菓子は梅の花をかたどった煉り切りであった。そして、その奥女中もまた、紅梅の花のごとく美しい女人と、忠司の目には見えた。

久光は忠司に茶と菓子を勧めた後、

「そういえば、ここの庭の梅も見頃であったろう」

と思い出したように言い、「おるい」と奥女中に声をかけた。

「そこの障子を開けてくれ」

久光の命を受け、おるいが障子を開けると、春の木漏れ日が差し込み、客間は一気に明るくなった。思わずそちらへ目をやると、手入れの行き届いた春の庭が輝いている。

久光の言う通り、庭の紅梅は今まさに満開だった。

「せっかくだ。庭を見ながら、茶を飲もうではないか」

久光の言葉で、二人の席は庭のよく見える場所へと移された。おるいが手際よく座布団を用意し、菓子と茶も運び直してくれる。

「このおるいは遠い親戚でな」

と、久光はおるいを忠司に引き合わせた。

「薩摩琵琶をたしなんでおる」

久光が語る間、おるいは傍らに座し、目を伏せていた。

「松原殿は薩摩琵琶を聞いたことがおありか」

「いえ、生憎、不調法者でして」

薩摩琵琶どころか、音曲を熱心に聞いたことがなかった。せいぜい三味線や琴を聞いたことがあるくらいだ。

「では、お聞かせいたそう」

久光は言い、おるいに薩摩琵琶を用意し、ここで演奏するようにと命じた。

「わたくしでよいのでございましょうや」

おるいは少し怯んだ様子で訊き返したが、

「無論だ。そなたの腕前は私が知っておる」

と、久光から言われると、素直に「はい」と言い、下がっていった。

やがて、戻ってきたおるいは薩摩琵琶を抱えていた。さすがは藩主の屋敷に置かれているだけあって、螺鈿の装飾が施された見事な楽器である。

あんなに大きな琵琶を、あのか細い女人が抱えて弾くのかと思っていたら、おるいは抱えるというより、膝の上に立てるように琵琶を置いた。

「何をお聞かせいたしましょうか」

おるいが澄んだ声で訊く。

「ふむ。客人の松原殿に伺うところだが、薩摩琵琶の曲はご存じないであろうな」

久光から問われ、「まったくもって」と忠司は恐縮して答えた。

「ならば、私が選ぼう。『武蔵野（むさしの）』はいけるか」

「かしこまりました」

おるいは答え、それから絃の調律を始めた。

「我が島津の祖は先ほど申した忠久公だが、その母君は武蔵国の出でな。こんな曲があるのも、そのためやもしれぬ」

「さようですか」

「ふつうの琵琶より、激しい音が出るゆえ、少し驚かれるやもしれぬが」

久光から忠告されたが、そもそもふつうの琵琶の演奏もろくに聞いた覚えがない。

やがて、用意が調ったおるいの口から「武蔵野を奏させていただきます」という言葉が漏れた。

おるいが手にしている撥（ばち）は、三味線の撥と違って、扇子のように横に広がっており、とても大きい。その撥が絃を鋭く弾いた。

「武蔵野に、草も数々多けれど……」

突風が吹いたような衝撃を、忠司は受けた。

まるで絃を撥で叩きつけるように、おるいは琵琶を弾く。それでいて少しも雑ではない。荒々しく勇猛ですらあるのに、耳に入る音色は心地よかった。

そして、おるいの歌声もまた、先ほどまでの慎ましい奥女中のそれではなく、まるで戦場を馬で駆ける女武者の掛け声のごとき勇ましさであった。

(あの細い体と喉から、あんな声が出てくるとは……)

さすがは島津家の血を引く女だと、忠司は感心した。

「仮令高住長者の身となりて、七珍万宝満ち満ちて、栄華に誇る楽みも、一夜の夢のごとくなり……」

おるいの歌声はますます高まっていくようだ。歌詞はよく聞くと、情緒に流れた風情あるものではなくて、人の怠惰を戒め、鼓舞するようなものであり、それが勇ましい音曲とよく合っていた。

「少きを足れりとも知れ、満つれば月も程なく欠けて、行く十六夜の空や、人の身の上と知られたり」

おるいが口を閉じ、絃の震えが最後の音をさらに長く響かせて、演奏は終わった。

「これは、お見事」

忠司は心からの賞賛を口にした。

「お粗末さまでございました」

おるいは薩摩琵琶を横へ置き、静かに頭を下げる。先ほどの歌声の雄々しさはどこへいってしまったのだろう。目の前のおるいは控えめな女人としか見えず、忠司はまるで夢でも見ているような心地であった。

「いかがであった。お考えになっていた音曲と違って、驚かれたのではないだろうか」

久光から問われ、忠司は大きくうなずいた。

「まったく仰せのごとく驚きました。これほど力強く心を熱くさせられるものとは思っておりませんでしたので」

「さもあろう。宴の席で余興に添えられる音曲とは違う。薩摩では歌や舞は浮ついたものとして忌まれておるのよ」

その考えには大いに賛同できたので、忠司は再びうなずいた。

「されど、この薩摩琵琶だけは武家のたしなみとして奨励されておる」

「まこと、武士に似合いの歌と音色でございました。すばらしいものをお聞かせいただき、感謝申し上げます」

忠司は改めて久光とおるいに礼を述べた。おるいは軽く会釈を返してきたが、忠司と目を合わせはしなかった。

「そちならば、そう言ってくれると思うていた」

久光は満足そうに言い、おるいにはもう下がってよいと告げた。

おるいが下がっていってから、忠司は思い出したように庭先の紅梅の木に目を向けた。相変わらず可憐な花が咲き誇っていたが、どういうわけか、初めに目にした時より色あせて見える。

「菓子は口に合わなかったか。酒の方がよかったであろうか」

「いえ、さようなことはございませぬ。薩摩琵琶の音色に心を持っていかれておりまして」

忠司は慌てて菓子皿を手に、梅の花びらをかたどった煉り切りを口に運んだ。どこそこの有名な菓子屋のもので、これは国元では味わえぬものだなどと、久光の蘊蓄（うんちく）が聞こえてきたが、ほとんど頭に入ってこなかった。

確かに煉り切りは美味かった。だが、庭の紅梅の木と同じように、忠司の心に長く留まることはなかった。

あの薩摩琵琶の音色と歌声に比すれば、どんなものも精彩を欠いているようにしか、忠司には思えなくなっていたのであった。

三

屋敷を辞去する際、折があれば今度は柔術の技を見せてほしいと、久光はかなり熱心な口ぶりで言っていたのだが、それが実現することはなかった。

その後、朝議参預の間で意見の対立があり、久光は間もなく京を発って薩摩へ帰ってしまったのである。

（伊地知殿も国へ帰られたのか。おるい殿はどうなさったのだろう）

久光が帰ったからといって、伏見の屋敷が無人になったわけではなく、使用人は幾人か残っているだろう。おるいもその中にいるのか、あるいは久光に従って国へ帰ったのか。

せめてもう一度、あの勇ましい薩摩琵琶を聞きたいものと思うが、久光が京にいない今、たとえおるいが京に残っていようとも、叶うはずのない願いであった。

また、薩摩藩の者に接触して話を聞こうにも、その術が忠司にはなかった。

まして、この年の四月、新選組の組織が改められ、忠司は四番隊の隊長および柔術指南役となっている。衆目を集める立場になった以上、他藩の者にうかうかと近付くのは、自分のためにも相手のためにもならぬことであった。

京の情勢は相変わらず不穏なままなのである。

忠司が四番隊隊長となってふた月後、長州藩の志士が都に潜伏し、どうやら会合を持つようだという知らせが入った。新選組の壬生屯所には一気に緊張が走る。

市中見回りの隊士は増員され、彼らの目つきも険しいものとなった。

そして、六月五日の晩。

三条木屋町通りの旅籠、池田屋が会合の場所であると突き止めた近藤率いる隊が奇襲をかける。忠司の隊はその時、二条の辺りを探索中であったが、土方からの知らせを受け、ただちに池田屋へ駆けつけた。

最初に踏み込んだ近藤たちは宿の中で激しい切り合いとなったようだが、土方や忠司が駆けつけたことにより、

「殺さずに捕縛しろ」

という近藤の指示が下された。

忠司は宿の前に仁王立ちし、逃げ出そうとしてくる輩を片っ端から、薙刀で打ち据えていった。敵の数が少なくなってからは、徒手で急所を狙い、相手の反撃を封じてから捕縛した。

池田屋の賊を取り押さえた頃、会津藩と桑名藩の侍たちが駆けつけてくる。

「我らの手柄をあの者たちに奪われぬようにしろ」

と、耳打ちしてくる土方に、忠司は引っかかるものを感じた。共に手を携えて、どこまで進んでいこうとも決して相容れぬ者——自分にとって土方はそういう男なのではないかと思えてしまう。

だが、それをじっくり考えている暇はなかった。無論、頭の中では、土方の用心が新選組にとって大事な措置であることは分かる。組織を守るには、そういう冷徹さや老獪さが必要であるということも。

池田屋の会合に参加していた者たちを押さえただけで、終わりにはならない。中には逃走した者もいたし、会合へ行くのを控えた志士もまだ潜伏していたからだ。

新選組はその晩、会津藩や桑名藩の侍たちとも連携して、逃亡者の探索を行い、夜が明けた頃には戦闘も果てていた。忠司たちは陽が完全に昇ってから、壬生屯所へ引き揚げた。新選組の活躍ぶりを聞きつけ、町民たちの多くがその隊列を見ようと道に居並んでいる。

見るともなしに目をやった忠司は、そこに覚えのある人影を見た。

(あれは、おるい殿……)

疲労と眠気は一気に覚めた。しかし、よく見ようと目を凝らした時にはもう、おるいと見えた女の影は消えていた。

その後、屯所へ帰り着くまでの間、おるいと思われる女を見ることはなかった。

おるいが京に残っているのであれば、伏見の屋敷へ訪ねていってもいいかもしれないと忠司は思った。たとえば、伊地知が京にいるのか尋ねるのを口実にしてもいい。薩摩琵琶を聞かせてくれた礼をしたかったといって、贈り物を届けてもいいだろう。

だが、どれも少しばかり不自然で、胸の内が透けて見えるような気もしてならない。

(それに、琵琶演奏の礼をするなど、芸子や舞子と同じにされたと、おるい殿を

怒らせはしまいか）

おるいは島津家の遠い親戚だと、久光も言っていたではないか。そんな相手を芸子や舞子と同じに扱うつもりはないが、おるいにそう誤解されるのは忍びない。結局、忠司が行動に移せないまま、時だけが過ぎていった。もっとも、女にうつつを抜かしているわけにはいかぬほど、京の情勢は緊迫していた。

池田屋事件を機に、長州藩が挙兵を企てたのだ。藩主は国元にて謹慎の処分を受けていたのだが、京に残る藩士たちが藩主の無実を朝廷に訴え、会津藩主松平容保の追放を要求。

伏見の長州藩邸には陣営が置かれ、市中での戦闘も起こりかねないありさまとなった。

兵を退くようにという要請を長州藩は聞き容れず、孝明天皇による長州討伐の命令が下され、七月、ついに戦乱の火蓋は切られた。

十九日、蛤御門で激しい戦闘になったものの、会津藩、薩摩藩は長州藩士らを押し返して、何とか門を守護した。新選組はその近くで長州藩と戦闘をくり広げ、忠司もそれに参戦している。

「蛤御門の方が派手な戦いぶりだったせいで、我らの活躍がかすむ羽目になってしまった」

などと、土方がぼやいているのを聞きつつ、忠司は四番隊の隊士たちに死者も大怪我を負った者もないことにほっとしていた。

安心すると、蛤御門を守っていた薩摩藩士の中に、伊地知十兵衛が加わっていたのかどうか、少し気にかかった。とはいえ確かめる術もなかったのだが、近藤らと共に蛤御門の戦場跡へ向かった際、そこに返り血を浴びて座り込む伊地知を見かけた。

知り合いがいるようなので声をかけたい、と近藤に断り、

「伊地知殿か」

忠司は傍らへ走り寄った。

「おお、新選組の松原殿だな」

伊地知は割合しっかりした声で返事をした。

「怪我を負われたのか」

「いや、あちこち痛みはするが、大きな怪我はない」

そう聞いて、忠司はひと安心した。

伊地知は久光の命令で京都に残り、今回は蛤御門の守備に加えられたのだとい

う。長州兵は大砲も持ち込み、相当激しい戦闘になったものの、禁裏を守護できてよかったと、伊地知は言った。

この時は伊地知の無事を確かめただけで別れたが、忠司は伊地知が伏見の薩摩藩邸の長屋住まいをしていることを聞き、見舞いに行くことを約束した。

「見舞いなぞしていただくには及ばぬ」

と、伊地知は笑い、忠司もそうだろうとは思ったが、伏見の屋敷へ行ける機会を逃したくないという気持ちがあった。伊地知も来るなとは言わなかったので、八月に入ってからになったが、忠司は伊地知を訪ねて伏見の屋敷へ赴いた。

昼過ぎに屯所を出た時は穏やかだった秋晴れの空が、伏見に到着した頃には薄墨色の雲に覆われていた。今にもひと雨来そうな空模様だなどと思っているうち、風も強くなってきた。忠司は伏見屋敷の門番に来意を告げると、急いで伊地知が住まうという長屋の方へ向かった。

(今日は、国父さまがおられた御殿の方へは行けまいな)

途中ふと足を止め、御殿の方角へと目を向ける。薩摩琵琶の力強い音色を聞いた気がした。心を持っていかれそうになった時、

「うわっ」

忠司は思わず声を上げた。何かが空から降ってきたのだ。雨ではない。目を覆いながら空を見上げると、何と氷の塊が降り注いでくる。

「霰か」

この季節、あり得ないことではないがめずらしい。忠司は長屋へ向かって一目散に走り出した。

「おお、松原殿」

空の異変に気づき、ちょうど外へ顔を出した伊地知と遭遇し、長屋の部屋を探す手間が省けた。

「こちらへお着きになっていてよかった。途中で降られたら、足止めを食らっておられただろう」

伊地知は手拭いを差し出し、忠司を労ってくれた。

「まあ、霰はすぐにやむであろう。何のもてなしもできぬが、しばらくゆるりとしていかれよ」

そう言いながら、伊地知の出してくれた熱い茶が冷えた体にしみわたる。その後、二人はぱらぱらと地面を打つ霰の音を聞きながら、一別以来のことを語り合った。

「隊長になられたことは聞いていた」

と、伊地知は告げ、忠司の出世を寿いだ。

伊地知は京の情勢を探り出し、薩摩の島津久光へ届ける役目を命ぜられたという。忠司の隊長就任の件も久光に知らせたと言った。

「伊地知殿は国父さまから信頼されているのだな」

久光からは三郎と呼べと言われたが、さすがに伊地知を相手にそう言うわけにもいかない。

「まあ、我が家は古くから御家に仕えておるゆえ」

と、伊地知は言う。

「古くからとは、戦国の世からか」

「いや、もっと前かららしい。武蔵国に地盤を築いていた秩父氏をご存じか」

「秩父平氏のことならば、聞いたことはある」

西国出身の忠司にとって、東国の歴史はさして関心のある事柄ではなかった。が、平将門の乱くらいは知っているし、秩父平氏は将門の縁戚であるという知識もあった。

「伊地知家はその支流なのだ」

と、伊地知は言った。領有する土地の名から伊地知氏と名乗るようになった一族は、南北朝の動乱の頃、島津氏に従属し、やがて薩摩を領する島津氏に従い、九州へ下ったらしい。

その後、伊地知氏の嫡流は秩父氏を名乗ることが許されたが、十兵衛の家は傍流だという。

「本来、秩父平氏の嫡流は、河越氏や畠山氏だったのだが、鎌倉幕府が世を支配していた頃、粛清されてしまったのだ。武蔵国に領地を持つ坂東武士は皆、同じような運命をたどったそうな」

島津家の祖である忠久の母方、比企氏は秩父平氏ではなかったが、武蔵国に地盤を持つ一族で、やはり北条氏の策謀で滅ぼされたのだと、伊地知は話した。島津忠久も連座の憂き目を見たそうだが、命を奪われるには至らず、島津家は生き残ることができたらしい。

そんな雑談のうちにも、伊地知が主君の島津家と自らの伊地知氏の血に誇りを持っていることが分かる。

「そういえば、前にこちらへお招きいただいた時、薩摩琵琶を聞かせていただいた。初めて聞いたが、あまりに勇ましい音色で驚かされたものだ」

雑談のついでに、忠司はそう持ちかけてみた。おるいの今の様子を聞きたいという欲もあったが、口にしたのは本心である。

「伊地知殿もあれを弾かれるのか」

さらに忠司が問うと、伊地知は面目なさそうな様子になり、弾くには弾くが巧みではないと言った。あの大きな撥で絃を弾くのは相当な力が要り、あの音に合わせて歌うのもまた、相当な鍛錬が必要らしい。

「そうであろうな。ただの遊び事で身につけられる芸でないことは、少し聞いただけでも分かった」

忠司は大いに納得してうなずいた。

「松原殿が聞いた時の奏者はどなたであった。まさか、国父さまではあるまい」

伊地知から訊かれ、忠司は「無論」と答えた。

「あの折は、国父さまのご命令で、奥女中の方が弾いてくださった。国父さまの遠い親戚という話だったが……」

あえて名は口にしなかったが、伊地知は少し考えるような表情を浮かべた後、

「それならば、おるい殿であろうな」

と、言った。

「ああ、その方だ。国父さまがそうお呼びになっておられた」

忠司は今思い出したというふうに言ったが、伊地知が不審に思った気配はなかった。それどころか、忠司が何とか知りたいと思っていることを、自ら話してくれた。

「あの方はお気の毒なお方でな」

と、伊地知は言う。おるいの父母は伏見の薩摩藩邸に仕える侍と奥女中で、おるいも京で育ったそうだ。長じて後、藩士のもとへ嫁ぎ、それを機に薩摩へ下ったそうだが、夫とは間もなく死別し、子もなかった。その後は婚家を出て、生まれ育った京へ戻り、両親のように伏見の邸で働き出したという。

「国父さまも哀れに思われて、新しい縁談を持ちかけたこともあるそうだが、おるい殿の方から断ったと聞いた。もっとも、ただの噂に過ぎないが」

「そうか」

おるいの薩摩琵琶の音色が勇ましくも、どこか人を寄せ付けぬ寂しさを漂わせていたのは、その境遇ゆえであったのか。

「おるい殿は今もこちらの奥におられるゆえ、頼めば薩摩琵琶を弾いてくださるやもしれぬが……」

「いや、国父さまがお留守の際に、さような私用を持ちかけるわけにはまいらぬ」

と、忠司はきっぱり言った。

「もちろん、この屋敷でというわけにはいかぬ。だが、おるい殿はご自分のお宅を下賜されていたのではなかったか。いや、ご両親のお宅を受け継がれたのだったか」

首をひねっている伊地知に、そうまでして薩摩琵琶を聞かせていただくには及ばぬと、忠司は慌てて言った。が、おるいのかき鳴らす薩摩琵琶の音色に未練を残しているのは事実である。この屋敷へ足を踏み入れただけで、その幻聴を聞いたように思ってしまうほどに――。

「今日はもう失礼する。ずいぶんと長くお邪魔してしまった」

忠司は辞去を告げた。外へ出ると、霰はとっくにやんでいて、夕方の空は柔らかな茜色に染まっていた。

「先ほどの悪天候が嘘のようだな」

伊地知は晴れ晴れとした声で言った。

「薩摩琵琶のことは訊いておくゆえ、任せてくれ」

「いや、それは……」

遠慮してはみせたものの、取り次いでくれるなとは忠司も言わなかった。その微妙な内心を察したものか、伊地知はそれから間もなく、おるいに話を通してくれた。おるいは、それならばいつでも薩摩琵琶をお聞かせすると返事をしたという。

忠司が困惑しているうちに、伊地知は話をまとめてしまい、あれよあれよという間に、忠司は伊地知の案内で、東福寺の近くにあるというおるいの家を訪ねることになってしまった。

四

九月も終わりの頃、紅葉が色づくおるいの住まいへ、忠司は伊地知と共に訪ねていった。この日は、伊地知も中へ上がり、二人で一緒に、おるいの薩摩琵琶の演奏を聞いた。

ただ、伊地知は『武蔵野』を聞いただけで用事があると帰っていき、忠司は残って、おるいの奏でる薩摩琵琶を聞き続けた。相変わらず勇壮な音色ではあったが、聞けば聞くほど、寂しさが胸に迫ってくるのはどういうわけだろう。

そして、その寂しさに突き動かされたかのように、

「また、お出でくださいますか」

と、おるいは忠司に尋ねてきた。

大きな薩摩琵琶を膝に立てて抱えるおるいの細い体は、痛々しいほどに見える。その潤んだ瞳に見つめられると、断りの言葉を吐くことなどとうていできなかった。

「あなたが許してくださるのなら」

忠司は寂しい心持ちで承知していた。どうして寂しいのかは分かるようでもあり、分かりたくないようにも思った。

こうしてその後の忠司は伊地知を通すことなく、おるいの住まいへ行き、薩摩琵琶を聞かせてもらうようになった。時には膳を出され、酒も振る舞われたが、

「屯所を空けるわけにはいかぬゆえ」

と、おるいの家に泊まることはなかった。

おるいも泊まっていってほしいと、口にすることはなかった。

ただ、一度だけ、おるいが忠司の袖をつかんだことがあった。忠司はその細い

指を——このか細さでよくもあの薩摩琵琶の絃を力強く弾くものだと感心するほどに細い指を、自らの手で包み込み、しばらくそうしていた。

だが、それ以上のことはなかった。やがて、おるいの指から力が抜けたのを悟ると、忠司も手を離した。おるいの手はそのまま下へ落ちた。

忠司は立ち上がり、何事もなかったようにおるいの家を後にしたが、胸は痛んだ。屯所へ帰った時も、それが顔に出ていたものか、

「女と何かあったか」

声をかけてきたのは、四月の編成で総長となった山南敬助であった。もとは土方と共に副長を務めていたが、編成により、やや主流から外された感がある。

忠司にとっては、土方よりずっと気の合う仲間であったが、薩摩藩士との関わりやおるいについて、話したことなど一度もない。

「なぜ、女のことだと？」

憮然(ぶぜん)とした表情を隠しもせずに訊くと、山南はにやりと笑い、

「そりゃあ、勘、さ」

と、自分の頭を指して言った。

「だが、外れていまい」

忠司は答えなかった。が、それは山南の言葉を認めたも同じであった。

「もっと当ててやろう」

と、山南は調子に乗った様子で言い出す。黙らせたいところではあったが、山南になら話してもいい、いや、むしろ聞いてもらいたいという気持ちもあった。

「据え膳食わずに逃げ出した。違うか」

山南は忠司の肩に手を回し、耳もとに口を寄せてささやいた。

またしても、忠司は何も言えなかった。この時の山南はあてずっぽうを言っただけかもしれないが、忠司の反応で状況を察したのだろう。忠司の坊主頭を軽く小突くと、

「この男の恥さらしが」

と、からかうように言った。

「確かに俺は恥さらしだ」

と、忠司は認めた。

「だが、女から惚れているふりをされて、他にどうしようがある」

「ん？　どういうことだ」

山南は顔から笑みを消し、真面目に尋ねた。

それから、忠司は誘われるまま山南の宿所へ出向き、洗いざらい話してしまった。おるいが薩摩藩の奥女中であることも、藩主の縁者であることも。

そして、どこかららが彼らの目論見(もくろみ)であったのかは分からないが、忠司のおるいへの関心を利用し、新選組からの情報を引き出すため、おるいが忠司を惑わそうとしていることも。

「どうしてそう思う」

山南は淡々と尋ねた。

「伊地知殿の誘い方といい、おるい殿の態度といい、急すぎる」

「人と人が親しくなる時は、そんなものだと思うがな」

と、山南は首をかしげた。だが、伊地知やおるいの態度が自然なものだとは、忠司には思えなかった。

「お前の心をその二人が察したというのは、あるかもしれない。いや、十中八九、悟られているだろう。だが、だからこそ、伊地知という侍は橋渡しを買って出たのかもしれないし、初めはお前をどう思っていたにせよ、惚れてくれた相手に好意を持ち始めることは、女にはよくある」

山南はさらに言ったが、忠司は素直に納得することはできなかった。

「まあ、お前が女の本心を疑うのも分からなくはない。だが、女が本当にお前を慕っているのなら、お前とて懇ろになってもかまわんと思うのだろう」

「それは、世の中が落ち着いたらの話だ」

「何をのんきなことを。世の中が落ち着いた頃には、お前は命を落としているかもしれん」

そう言われ、忠司ははっとした。確かに新選組に籍を置くということは、死と隣り合わせの日々を送るということであった。そして、自分はそれをよしとしてきたのだ。国のために命を捧げるのはむしろ本望だと――。

だが、おるいの顔が浮かぶと、その気持ちが揺らぐのも確かであった。

「まあ、確かめる方法がないわけではない」

不意に、山南は言い出した。

「あるのか」

忠司は目を見開き、山南を見つめた。

「新選組を抜けるつもりだと言えばいい。さらに、その女にも薩摩藩を捨ててほしいと言ってみろ。その時の女の反応が、まぎれもない本心だ」

山南の返事を聞き、忠司は「からかうな」と怒った。おるいを騙すことなど断じてするつもりはなかった。

「騙すことなどない」

と、山南は言った。

「新選組を抜けて女を取るのは、それほどいけないことなのか」

声を低くして告げた山南の言葉に、忠司は息を吞んだ。

それから、山南は新たに編成された新選組への不審の念を言葉少なにささやいた。

「禁門の変の際の陣中法度は異様だった。組頭が死んだらその場で切腹せよという。幸い、そういう事態にはならなかったが、もし切腹しない隊士がいたら、局長殿らは腹を切らせただろう。それが正しい新選組のあり方だと思うか」

山南は近藤や土方たちの行き過ぎた体制作りに不満を抱いているようであった。それは忠司も同じであった。しかし、池田屋事件や禁門の変で成果を上げた組織において、幹部への批判はたやすく口にはできぬ雰囲気が作られ始めていた。

山南もこの日、それ以上のことは言わなかった。忠司に新選組を抜けよと勧めたわけでもない。

だが、これがそういう意味であったと忠司が悟ったのは、翌元治二（一八六五）

年二月、山南が江戸へ行くと書き置きを残し、脱走した時であった。隊士の脱走は許されていない。ましてや、総長の地位にある者が勝手なことをしたとあっては、配下の者たちに示しがつかない。

一番隊隊長の沖田総司に探索が命じられ、沖田は山南を捕らえて、屯所へ連れ戻した。

その際、忠司も捕らわれた山南の姿を見たが、山南は一度も忠司と目を合わせなかった。捕らわれた時点で、どういう処遇が待ち受けているか分かっており、すべてを受け容れているような落ち着きが見られた。これという言い訳もせず、山南は切腹を申し付けられ、そして死んだ。

それからしばらくして、忠司はおるいに会いに行った。

山南の事件については語らなかったが、市中でも相当な噂になっていたから、おるいも耳にしていたのだろう。場合によっては、事の次第を書状にしたため、薩摩にいる久光へ送っていたかもしれない。

おるいが久光の耳目を務める身の上で、山南のことを尋ねてきたらたまらない気がしただろうが、そういうことはなかった。おるいは忠司には何も尋ねず、ただ痛ましげな眼差しを注いできただけだった。

「新選組を抜けようと思う」

気づいた時にはそう言っていた。

おるいは何も言わなかった。

忠司はおるいの目を見据え、尋ねた。

「おるい殿も薩摩藩を抜けてくれるか」

おるいは光る目で、忠司を見つめ返してきた。何と返すか、忠司は息を詰めて、おるいの返答を待った。

「はい」

おるいは瞬き一つせず、はっきりと答えた。

「松原さまの行く道のお供をさせていただけるのならば」

迷いのない物言いだった。それでも、忠司は念を押さずにはいられなかった。

「それは、ご本心と思うてよいのか。お国の意向と関わりのないものと思うても？」

忠司が問うと、おるいは静かに息を漏らした。

「ご存じだったのでございますね。わたくしが国父さまから何を命じられていたのか」

しかし、おるいは今の言葉に偽りはないと誓った。

この夜、初めて忠司はおるいの家に泊まった。

忠司が新選組を抜ければ、山南と同じ末路が待っている。おるいを連れていく以上、累が及ばぬようにしなければならなかった。

忠司は事を慎重に運ぶため、焦らず時を待つことにした。

おるいの方は、久光が上洛でもしない限り、問題はないという。久光にその動きはなかったが、忠司の方は山南の死後、新選組の中で難しい立場に置かれ始めていた。

今さら立場が悪くなろうとかまわないのだが、粛清のやり玉に挙げられることは避けねばならない。

それでも、隊員の増加に伴い、西本願寺へ移ろうという近藤に、忠司は真っ向から反対した。屯所の移転は、近藤を含め隊員たちを増長させる以外の何ものでもない。山南が案じ、疎ましく思っていた方向への組織の暴走——せめて山南の御霊を慰めてやりたいとの思いからであったが、その意は通らなかった。

新選組の屯所は西本願寺へと移され、忠司はいよいよ新選組からの脱退を心に期した。

しかし、慎重に慎重を重ねていたにもかかわらず、おるいのことは近藤らに知られていたようだ。

慶応元（一八六五）年八月末、唐突に捕らわれ、尋問の場に引きずり出された。

山南が生きていれば、忠司の罪の軽減を訴えてくれたかもしれない。あるいは、忠司を逃がそうと手助けしてくれたかもしれない。

だが、それはもう叶わなかった。

ならば、自分の命はどうなってもよいから、おるいだけは守らねばならない。

自分の切腹後、おるいが隊士によって闇に消される恐れもないとは言えなかった。

薩摩藩がおるいを庇護してくれるならいいが、久光が在京していない今、どう出るかは分からない。

（逃亡の機会はただ一度だけ）

いよいよ切腹するとなり、縄目がほどかれ、介錯の者以外が忠司から離れた一瞬だけである。

（失敗は許されぬ。まずは一度、どこぞへ身を潜め、それからひそかにおるいの

家を目指す）

捕らわれた身で、忠司が思いを馳せていたのはそれだけであった。

忠司の切腹は九月一日、日暮れ時と定められた。

寺内を血で汚さぬため、境内の外での実行と告げられたが、忠司にはむしろ都合がよい。その上、近藤や土方らは立ち会わぬということであった。

忠司は西本願寺脇の空き地へ移動させられ、用意された筵の上に正座して片袖を脱いだ。目の前に置かれた短刀の鞘を払い、切っ先を左腹に当てる。

が、次の瞬間には、介錯役の隊士の腹に肘鉄を食らわせ、忠司は立ち上がっていた。よろめいた介錯役の脛に拳を叩きつける。

その足で駆け出した。

介錯役以外の隊士もいたが、その中には忠司を慕っていた四番隊の隊士たちもいる。もしかしたら彼らが逃亡を助けてくれるかもしれないと淡い期待をかけ、ひたすら駆けた。

怒鳴り、叫ぶ男たちの声が背を追ってきたが、みるみるうちに遠ざかっていった。それから、どこをどう駆け回ったのか、気づいた時には追手を巻いていた。

しばらく人目を忍んで場所を変え、忠司は慎重に東福寺方面を目指した。

おるいの家から常と変わらず、行灯(あんどん)の明かりが漏れているのが見えた時、忠司は心の底から安堵(あんど)した。辺りに注意を払いつつ、おるいの家の戸を叩く。

「俺だ、開けてくれ」

戸はすぐに開けられ、忠司は倒れ込むようにおるいの家へ入った。

「忠司さま」

おるいが急いで戸を閉めた後、水を汲(く)んできてくれる。忠司はその場で椀の水を一気に飲み干した。

「時はあまりない」

忠司はおるいの目を見て告げた。

「おそらくすぐにここへ隊士たちがやって来る。俺はもう助からぬ。だが、お前は逃げよ」

忠司の必死の形相と言葉で、おるいは何があったのかを察したようであった。

「逃げるのならば、二人で共に。そういうお約束だったではありませんか」

「それは、二人ともひそかに脱け出すことができた時の話だ」

新選組の幹部に知られた以上、もうそういうわけにはいかないと忠司はおるいを諭した。

敵の女に通じて機密を漏らしたなどとは事実無根だが、そう裁定された以上、覆ることはない。さらには、事実に反すると分かったとしても、その時はそれを事実にするべく証拠を捏造されるだけだ。場合によっては、おるいが罪を着せられる恐れさえある。

「あやつらは何を言い出すか分からない。お前は長州の女にされてしまうかもしれぬ」

「ですが、わたくしが薩摩藩邸に仕えていることは明らかですのに」

「そういう理屈が通じる相手ではないのだ。とにかく逃げてくれ」

忠司は懸命に説いたが、おるいは一緒でなければいやだと言い張った。挙句は妙な落ち着きを備えた表情で、

「あなたさまが死を選ぶのであれば、わたくしも共に」

と言い出す。

「わたくしはもうずっと、何のために生きているのか分からぬ世を生きてまいりました。あなたさまがわたくしに生きる理を与えてくださった。あなたさまなくして、もはや生きていくことはできませぬ」

おるいの双眸は澄み切っており、そのあまりの美しさに忠司は息を呑んだ。

薩摩琵琶の猛々しい絃の音を聞いたような気がした。

これが宿世というものなのだろうか。こうして二人で死ぬために、自分たちは出会ったのだろうか。

そう思った瞬間、戸の向こうに数名の人の足音が聞こえてきた。

「早く裏口から」

おるいが言い、二人は急いで家の中へと駆け上がる。いざという時のため、用意していた薙刀を、おるいは持ち出してきて忠司に託した。幸い、裏口にはまだ回り込まれていない。

「まっすぐ走れ」

忠司はおるいを突き飛ばした。自分は家に向かって立ち、追いかけてくる者をここで足止めするつもりである。

「後から必ず俺も行く」

忠司は叫び、薙刀を手に仁王立ちした。

「忠司さまっ」

おるいの呼び声が聞こえてきたが、その時にはもう追手たちが迫ってきていた。

忠司は薙刀をふるい、奮闘した。しかし、新選組の追手はいずれも剣豪ぞろいである。致命傷を負わされずとも、忠司の背に、足に、剣の切っ先は届き、そのたびに血が噴き出した。

（もはやこれまでか）

やがて、忠司は周囲に円を描くように薙刀をふるうと、そのまま放り出した。その一瞬、円の範囲から敵がいなくなる。

忠司は切腹の場から持ち出してきた短刀を取り出し、腹に突き刺した。

「山南、俺も今行く」

追手の隊士たちが一斉に切りかかってくる。そのいくつもの人影を見たのを最後、忠司の意識は遠のいていった。

「……十六夜の空や、人の身の上と知られたり」

薩摩琵琶の『武蔵野』の歌詞が耳の奥でかすかに鳴っていた。

二章　三忠の出会い

一

忠司は目を覚ました。
明るい。あまりの眩しさに、思わず手で目の前を覆った。
それから、改めてゆっくり目を開け、指の間から漏れる光に目を慣らした。
どうやら、ここは外らしい。自分は真昼間から外で寝ていたというのだろうか。
それとも、気を失って倒れていたのだろうか。
そこまで考えた時、ようやく忠司は記憶を取り戻した。
「おるい殿っ！」
思わず声を上げ、忠司は跳ね起きた。

だが、おるいは無論のこと、人影はまったく見当たらなかった。

忠司が寝転んでいたのは砂浜である。その片側には松林が広がり、反対側には海が見えた。播州生まれの忠司にとって海は見慣れた景色である。が、壬生屯所に落ち着いてからは海を見ることがなかったから、二年ぶりくらいの海景色だ。

自分はどうしてこんなところにいるのだろう。知らぬうちに海の近くへ移されたのだろうか。

いや、それ以前に、自分は傷を負っていたはずだ。切腹して果てたのだから。

忠司は己の左腹を探った。血は流れておらず、傷の跡も痛みもない。

(そんなはずは……)

体の他の部分も探ってみたが、傷は一つも負っていなかった。

明らかにおかしい。自分で腹に刀を突き立てる前、追手の隊士たちから少なからず刀傷を受けた。致命傷までは与えられなかったが、その痛みもはっきり覚えている。

(もしや、ここはすでにあの世なのか)

忠司はそう思いをめぐらし、それならば、傷がないのも知らぬ場所にいるのも納得できると考えた。

死んだ後は三途の川を渡って彼岸へ行くと聞いていたので、海が見えるのは少々訝しいが、誰でも死ぬのは一度きり。忠司とて、過去に死んだ人から聞いたわけではないのだから、想像していたのと違うからといって、文句をつけるわけにはいくまい。

忠司は着物についた砂を払い落とすと、とりあえず海と松林のどちらへ行こうかと思案した。

（あの世へは川を渡るのではなく、海を渡るのやもしれぬな）

岸辺から岸辺に渡るだけの川とは違い、なかなか大変な仕事になりそうだ。海を渡るのならば、大船が必要となろうが、その船ははて、どこにあるのだろう。

海の方へ歩き出しながら目を凝らすと、何と沖合いに何艘もの船が見えた。あの世からの迎えの船にしては数が多い。今のところ、浜辺にいるのは自分一人だが、これから到着する死者もいるのだろうか。

船がこちらへ近付いてくる気配はない。「おおい」と手を振ってみようか。だが、ここがあの世だという保証はなく、万一にもあれが異国船だったら下手な真似はできない。

どうしたものかと思いながら、忠司が海の向こうを見据えていると、

「おおい」

と、声をかけてくる者がいた。松林の方から人が歩いてくる。

新たな死者のご到着かと思いつつ、忠司もそちらへ向かって歩き出した。相手は二十代半ばほどの武将と見えた。具足や小手を着けた格好であるから、合戦に臨んで戦死でもしたものか。戦死する者は今の世ではめずらしくないが、と思いながらも、忠司は相手の格好に何となく違和感を覚えた。

それが何によるものか、初めは分からなかったのだが、相手が目の前まで来た時にはっきりとした。

相手が頭に揉烏帽子を被っているのだ。忠司は烏帽子など元服の時に着けたきりである。禁裏へ入る公家や大名衆が烏帽子を着けた正装をしているのを見たことはあるが、それだってめずらしく見えたものであった。

どうしてそんなものを被っているのか訊こうと思ったが、それより先に、相手が「弁慶殿」と呼びかけてきた。

忠司は相手の顔をまじまじと見た。忠司のあだ名を知っているので、新選組の隊士かと思ったが、見覚えはない。新しく入った隊士なのだろうか。新入りのくせに、隊長をあだ名で呼んでくるとは無礼な奴だ。

（いや、俺はもう隊長ではないのか）

断罪された時の嫌な気分がよみがえったが、今はそのことはいい。それよりも、ここがどこで、目の前の男が何者なのか、である。

聡明（そうめい）そうな気品ある顔立ちに、どことなく冷たい眼差し——見覚えはないが、会ったことがあるような気もした。

「こんなところにおられたのですか」

相手は知り合いのような口ぶりで話しかけてきた。

「何をしておられたのです」

「何といって、海を……いや、船を見ていたのだが」

「ほう。あれを海の藻屑（もくず）とする良策が浮かびましたかな」

「何、海の藻屑？」

忠司は訊き返し、改めて沖合いの船に目を向けた。

「あちらは敵船か」

忠司が問うと、相手は「何を今さら」と冷笑を浮かべた。

「何と。どこの国の船であろう。いや、そもそもここはどこ……」

忠司の真剣な問いかけは、相手に遮られた。

「とにかく、判官殿が呼んでおられましたぞ」

「判官殿？」

「昼間から浜辺で寝入って、夢でも御覧になられたか」

相手の男は松林の方角に、忠司の背をどんと押した。

どうも、相手は忠司のことを対等とは見ていないふうである。下手な問いを投げかけ、怒らせてもいけないと考え、忠司はひとまずこの男の言いなりになることにした。

男は忠司の前に立って歩いていく。やがて松林の中へ入り、それを抜けると、陣営が現れた。海側の敵に悟られぬよう、松林で遮られたところに陣を構えたようだ。

甲冑を着けた者もいれば、太刀や弓矢の手入れをしている者もいる。そろそろ飯時なのか、煮炊きの煙も上がっていた。

その様子を見ると、今すぐにも合戦が始まるようではないが、兵士たちはそれに備えて、それぞれ英気を養っているところらしい。兵士たちの表情は自信にあふれ、やる気もみなぎっていた。おそらく、それなりの勝ち戦を経験してきた軍勢なのだろう。

（しかし、これは……）

兵士たちの気迫とは裏腹に、彼らの甲冑は何と古めかしいのだろう。ここ何百年の太平の世を経て、ふだんは見ることもない武具を蔵から持ち出したものの、それは戦国の世で先祖が使っていたものだった、などという話を聞かぬわけでもないが……。

ここの兵士たちもその類なのだろうか。それにしては、武具の扱いが妙に手馴れているようにも見える。そして、ここの男たちも、浜辺で声をかけてきた若侍と同じように、誰もが皆、揉烏帽子を被っていた。

「戦場で烏帽子を被るのは、窮屈ではないのか」

忠司が若侍に問うと、相手は忠司をまじまじと見つめてきた。

「そりゃあ、弁慶殿のような頭であれば、人目も気にしなくていいだろうが」

と、忠司の頭に目をやりながら言う。

「人目とは……」

この戦場において、そこまで気にしなければならないことなのか。将軍や大名に拝謁するわけでもなかろうに……。とは思いつつも、若侍の眼差しがどうもこちらを侮るふうなので、忠司はそれきり口を閉ざした。

兵士たちの中には、弁慶と目が合うと、会釈してくる者もいる。親しみをこめてのことだとは分かるが、どの顔にも見覚えはなかった。

見知らぬ人々に見覚えのない場所、古びた甲冑、烏帽子を被る男たち。

（まさか）

一瞬、奇妙な考えが浮かんだが、いやそんなはずはあるまいと、忠司は自ら打ち消した。

やがて、兵士たちがたむろする場所を抜け、若侍は奥の陣へと向かった。最も奥まったところには幔幕が張られ、外からは様子がうかがえないようになっている。中にいるのは、この軍の指揮官に違いなかった。

「判官殿、惟宗三郎です。弁慶殿をお見かけしたのでお連れしました」

若侍が幔幕の前で声を張った。出入口には見張り役らしい兵士もいたのだが、若侍は端から相手にもせぬ様子で、中の指揮官に直に声をかけたようだ。

「おお、惟宗三郎殿。お入りください」

中からは若々しい声がした。惟宗三郎と名乗った男は先に立って、幔幕の中へ入る。忠司もその後に続いた。

中にいたのは小柄な若い男で、床几から立ち上がって惟宗三郎を迎えた。

「わざわざ貴殿が付き添ってくださるとは。弁慶に私のもとへ行け、と伝えてくださるだけでよかったものを」

小柄な男の物言いは、惟宗三郎にどことなく遠慮があるふうに聞こえる。

忠司は判官殿と呼ばれる男をまじまじと見つめた。整った顔立ちをしており、気品もある。指揮官にしてはやや貫禄に欠ける気もしないではないが、親しみやすい感じを受ける。

（しかし、判官殿とは……）

判官が「検非違使尉」を指すことは忠司も知っている。そして、遠い昔の武将、源義経を指す言葉であるということも。

（俺が今弁慶ならば、今判官ということか）

この小柄な男は、今の世の九郎義経と言われているのだろうか。だが、そんな話は聞いたこともない。

本物の九郎義経――などということはあるまいが……。

「どうも様子がおかしかったので、念のためにと思い、お連れした次第です」

惟宗三郎が判官なる男に言った。

「様子がおかしい……？」

判官なる男が忠司に目を向けた。

「まあ、白装束とは妙な形(なり)だが、何かあったのか」

「何かと言われましても……」

切腹を命じられたのだと言ったところで、おそらく通じることはあるまい。

「あの、私からお尋ねしたいことがあるのですが」

忠司は思い切って切り出してみた。惟宗三郎よりはこの判官の方が忠司の疑問に答えてくれそうな気がする。

「何だ、改まって」

「私の本名をご存じでしょうか」

「本名とは諱(いみな)のことか。俗人の頃の名は、そういえば聞いたことがなかったな。出会った時にはもう、そなたは法師であったろう」

「私たちはどこで出会ったのでしょう」

判官は怪訝(けげん)そうな目つきになる。こちらから尋ねる一方では、余計に怪しまれるかもしれない。

「京の五条大橋でしたでしょうか」

鎌をかけてみると、判官はますます妙な目つきになり、惟宗三郎と顔を見合わせていた。

「何を言う。五条に橋など架かっていなかろう」

判官は当たり前のように言い、

「私とそなたが会ったのは清水寺だ。私は大願成就の祈願に出向き、そなたはこれはと思う相手に戦いを挑んで、刀を巻き上げていたではないか」

と、続けた。そこで二人は戦い、敗れた弁慶は配下となることを誓ったという。

忠司が知る義経と弁慶の話とは少し違うが、似通っているのは確かだ。

「大願成就とは、平家一門を討つことでしょうか」

息を詰めて尋ねると、判官からは「何を今さら」とあきれられた。

これまでの話に、判官のこの反応。ここにいる人々の風俗の異様さを考え合わせれば、導き出される答えは一つ。

(ここは、本物の義経と弁慶がいた時代だというのか)

いや、それならばそれで、本物の弁慶がどこかにいなくてはおかしいだろう。それとも、本物の弁慶の代わりに、自分がここにいるのだろうか。そう思った時、

「判官殿」

と、惟宗三郎が口を開いた。

「この者に声をかけた時から、もしやと思っていたのですが……」

惟宗三郎が忠司をじっと見据えてくる。彼はもう、忠司のことを弁慶とは呼ばなかった。そして、その目に宿る光は冷たい。

判官の眼差しは困惑気味に揺れていた。

「御曹司(おんぞうし)よ。お呼びであったか」

その時、幔幕の外から気安い声がかかった。

忠司自身、驚いていた。その声は自分に似ている。

「お待ちください。今は――」

見張りの兵が止めようとしているのを振り切って、その男は幔幕の中に入ってきた。

目の前にいるのは、身にまとうものこそ違え、背格好も顔立ちも忠司自身によく似た男であった。

二

「やや」

僧兵のような格好をした男がのけぞって、驚きの声を放った。

「おぬし、何者か」

名乗ってもらわずとも、本物の弁慶と分かるその男は忠司に目を向けて問うた。驚いてはいるが、忠司のことを怪しんでいる気配はなかった。しかし、

「敵の間者(かんじゃ)やもしれませぬ」

惟宗三郎の鋭い声には、明らかに忠司を警戒する響きが感じられた。

「何」

さすがは武人で、人のよさそうな判官——今となっては本物の義経と考えざるを得ない男と弁慶の表情にも、たちまち緊張の色が漂う。

「誰かある」

惟宗三郎が幔幕の外へ声を張り上げた。見張りをしていた兵士たちがすばやく現れる。

「この者をひっとらえよ」

惟宗三郎が指さしたのは忠司であった。

ここの司令官は義経であろうに、どうして義経を飛び越えて、惟宗三郎が命令を下しているのだろう。そして、どうして義経はそれを咎(とが)めず、兵士たちも惟宗

三郎の命令に当然のように従っているのだろう。

兵士たちに身柄を押さえられ、後ろ手に縛り上げられながら、忠司はそんなことをぼんやりと考えていた。

忠司が抵抗も見せずに捕らわれ、その場に跪（ひざまず）かされた後、

「惟宗三郎殿」

と、義経は再び困惑した顔つきになって、惟宗三郎に目を向けた。

「この者は貴殿が連れてこられた。どういうことか、分かるように話してくれまいか」

「かしこまりました」

惟宗三郎は体ごと義経に向き直り、まずは床几へ腰かけるよう勧めた。義経は思い出したように腰を下ろすと、惟宗三郎にも床几を用意するよう、弁慶に命じた。惟宗三郎は礼を言って腰を下ろし、弁慶と見張り役の兵士は立ったまま、その場に控えている。

「私がこの者を見ましたのは、松林を抜けた浜辺でございました。沖合いに浮かぶ敵の船をじっと見ていたのでございます。御覧の通り、そちらの弁慶殿と瓜二つ。判官殿がおっしゃったように、格好が妙ではありましたが、よもや赤の他人

とは思いもせず、弁慶殿と信じて言葉を交わしてしまいました。ただし、どこか妙だという一抹の不安もございましたので、御前まで付き添った次第です」

「なるほど。確かに弁慶によく似ている。が、話に噛み合わぬところがあったゆえ、私も妙だと思っていた」

義経が忠司を見やりつつ言った。その眼差しにあからさまな敵意は感じられない。

「して、この者が敵の間者かもしれぬと考える理由は――？」

義経は続けて、惟宗三郎に尋ねた。

「一つ目は、平家一門の船を見ていたことによるものです。いざ合戦となった際、どうやって我が軍に攻め込ませればよいか、陸戦の場合はこう、海戦の場合はこうと策を練っていたのでしょう。それをその場で気づけなかったことにつきましては、まことに恥じ入る次第ですが」

惟宗三郎はきびきびと答えた。筋道のしっかりした話しぶりだが、いつの間にやら、忠司は間者と決めつけられている。今はまだその疑いがある、という程度のことであろうに……。こういうふうに、一度疑いの念を向けたら、とことん疑う考え方が、どことなく新選組の方針を彷彿させ、忠司の気はふさいだ。

「二つ目は、この者が弁慶殿と瓜二つであること、それが何よりの証でございましょう。おそらく、この者は弁慶殿を始末し、自らが弁慶殿に成り代わって、こちらの作戦を探り出し、それを平家側へ伝える役目を帯びていたと思われます。こうもよく似た男をよくぞ見つけ出してきたものと、そこは驚嘆するばかりですが」

「何と。拙僧を始末するだと」

本物の弁慶がじろりと忠司を睨み据える。この弁慶は惟宗三郎の言葉をそのまま信じ込んでいるようだ。

「弁慶殿と入れ替わる前に、我々がこの者を捕らえることができたのは僥倖でした。あとは判官殿の手でしかるべきご処置を」

惟宗三郎は淡々と告げ、口を閉ざした。義経は無言のままである。代わって、

「御曹司よ」

と、弁慶が口を開いた。

「この者の首を刎ね、敵の船へ送りつけてやりましょうか」

憤然とした面持ちで激しく言う。

「まあ、待て。惟宗三郎殿のおっしゃることは理に適っているが、妙なところも

ある」

と、義経は切り出した。その目を弁慶から惟宗三郎へ移してさらに続ける。

「この男が弁慶と入れ替わる前に惟宗三郎殿に見つかったならば、どうして我々に疑われるような言動をしたのでしょう。弁慶そのもののように振る舞えば、逆にまことの弁慶が偽者かもしれないと、我々を混乱させることもできたでしょうに」

義経の言葉に、惟宗三郎はあえて言い返すことはなかった。

「この男は、私と弁慶の出会いについて尋ねてきた。そんなことを問えば、明らかに偽者と疑われるにもかかわらず、です。むしろ、この男は弁慶と勘違いされたことを気に病み、それを我々に気づかせようとしていたのではないか。私にはどうもそう思われるのだが……」

惟宗三郎は無言を通している。それを確かめてから、義経は忠司に目を向けてきた。

「おぬしは何者だ。弁慶によう似ていることは確かだが、もしや兄弟などではないのか」

「御曹司、拙僧に兄弟はござらぬ」

忠司より先に弁慶が口を開いた。

「しかし、そなたの知らぬ兄弟がいたのかもしれぬ」

義経が言い、忠司を促すように見つめた。

「私は……そちらの弁慶殿と顔を合わせるのは初めてです」

忠司は慎重に、それだけ告げた。

「では、おぬしは何者だ。まさか、名も持たぬわけではあるまい」

「私は、松原忠司といいます。播磨国の出でございます」

嘘は吐かない方がいいと判断し、忠司は正直に答えた。真実を語ったところで、嘘と思われる見込みは高いだろう。だが、嘘に嘘を重ねるよりはずっと答えやすかった。

「なるほど、播磨の――」

義経は疑うことなく、忠司の言葉を信じてくれたようであった。

一方、惟宗三郎の目は冷たく、弁慶の目は今も怒りを宿している。

「では、松原殿。貴殿は何ゆえこの長門へ来た。当然、ここで間もなく合戦が行われることを知ってのことと思うが」

義経の言葉からここが長門であることが分かった。

源平の合戦が、一ノ谷、屋島、壇ノ浦で行われたことは、忠司も知っている。ということは、おそらく今は壇ノ浦の合戦が行われる直前なのだろう。長門国といえば、忠司の時代では長州藩の領土である。そして長州といえば、尊王攘夷の過激派が藩政を混乱させ、ついに孝明天皇の逆鱗に触れて朝敵となってしまった。昨年は長州征伐の命令が下され、長州は幕府に恭順の意を示したものの、今年に入ってまた、不穏な動きを見せていたはずだ。

自分はその顛末を見届けることなく死んでしまったのだなと、忠司は改めて思った。だが、そのそばから、本当に自分は死んだのかという疑問が湧き上がってくる。

あちらの世界では確かに死んだのかもしれないが、こちらの世界でこうして確かな肉体を持ち、生きている。では、あちらの世界における自分の体はどうなったのだろう。

(いや、今、そんなことを考えたところで仕方がない)

忠司が胸に次々と浮かぶ疑問を振り払った時、

「答えないのは、答えられないからだ。御曹司、やはりこやつは怪しい」

弁慶が決めつけるように大声で言った。

「私も同じように思います」

惟宗三郎が冷静な声で続ける。

「判官殿のおっしゃる通り、この者を間者と決めつけるのに根拠が乏しいことは認めます。されど、間者でないと信じられるほどの根拠もない。合戦を控えた今この時、我らの陣の近くに現れたのも腑に落ちない。このまま、この男を解き放つことには同意いたしかねます」

「そうだな」

義経はおもむろにうなずいた。

「この者が仮に平家と関わりなくとも、今すぐ解き放つわけにはいかない。とはいえ、首を刎ねるほどの理由もない。ゆえに、合戦が終わるまでは虜囚として、我が陣営で預かろう」

義経が話をまとめるように言った。惟宗三郎と弁慶の口から反対の声は上がらない。

「松原殿といったな。貴殿の身柄は合戦が終わるまでここに留めさせてもらう。無論、その間に、敵の間者であると分かれば、しかるべき処置を下す。そうでなければ、合戦が終わり次第、解き放とう」

嫌だと言ったところで、聞き容れてもらえるはずがない。忠司は無言のまま、わずかに顎を引いた。

「判官殿、一つお願いがございます」

惟宗三郎が改まった様子で切り出した。

「この者のことですが、判官殿が本陣で預かるのもご面倒でしょう。大事なる合戦を前に、大将軍を些事で煩わせるわけにはいきませぬ。よろしければ、この者をこちらへお連れした手前、私に身柄を預けていただけないでしょうか」

「それはかまわぬが、惟宗三郎殿は比企殿の軍に属しておられるはず。比企殿がご承諾なされればよいが」

「反対はなさらないでしょう。私から申し上げれば」

惟宗三郎は自信ありげに言った。

またもや、忠司は違和感を覚えた。

このように事を運びたいから、義経から口添えしてもらいたい、と言うなら分かる。だが、惟宗三郎はまだ二十代半ばと見える若さで、一軍を率いる将に我意を通せると信じ込んでいる。

その傲慢にも聞こえる言い分を、義経も咎める気配はない。

（いったい、何者なのだろう）

義経や弁慶のように、忠司の時代の者が名をよく知る人物ではない。惟宗三郎――諱は別にあるのだろうが、少なくとも惟宗某という人物を、忠司は知らなかった。

「では、この者はここで預からせていただきましょう。このまま比企の陣へ連れてまいりますゆえ」

惟宗三郎が冷えた声で告げた時、忠司は心の底が凍える思いをした。

（よもや、この男、判官の目の届かぬところで、俺を始末するつもりではあるまいな）

この男にはそういうことをしかねない怖さがある。忠司の抱いた懸念は義経も感じ取ったらしく、

「虜囚として、くれぐれもしかるべき扱いをしていただきたい。そう九郎が申していたと、比企殿にお伝えください」

と、惟宗三郎に念を押した。

「かしこまりました」

惟宗三郎は眉一つ動かさずに答え、見張りの兵から忠司の身柄を引き受けると、

後ろ手に縛り上げた縄を手にした。その力に引っ張り上げられる形で、忠司は立ち上がる。

「では、失礼いたします」

惟宗三郎は丁寧に挨拶して、頭を下げた。

「よろしく頼みます」

義経の挨拶も丁重なものだ。

忠司は義経に会釈をし、惟宗三郎に引っ立てられて、幔幕を出た。

思いがけぬことの連続だが、ついに捕らわれ人になってしまった。

(あちらの世でも、こちらの世でも、俺は捕らわれ人か)

そう思うと、やりきれなくなる。おるいはどうしているか。不意に切なくなって空を見上げた。

淡い縹(はなだ)色の空は穏やかで、忠司がかつて見てきた空とどこも変わらない。ここへ来て初めて、懐かしいと思えるものを見た心地がした。

三

それから、忠司は後ろ手に縛られた格好で、兵士たちの間を歩かされた。先ほどは多少、忠司の格好を妙な目で見る者がいたにせよ、おおむね親しげな目を向けられたものだが、今度は違う。好奇心に満ちた目、訝しげな眼差しが注がれ、はっきりと懸念を示す兵士もいた。

惟宗三郎は兵士たちがどんな目を向けてこようが、いっさい気にせぬ様子で、すたすたと歩き続ける。やがて、惟宗三郎のものと思われる陣営の幔幕へ到着した。

比企殿と呼んでいた上官に、忠司を預かったことを伝えにいくのかと思いきや、惟宗三郎は従者らしき男にその言伝を命じ、自らは忠司を連れて幔幕へ入った。

中には、義経や惟宗三郎より若干若く見える男がいた。凜々しくさわやかな風貌の持ち主である。

「留守だったので、勝手に待たせてもらった」

と、男は惟宗三郎に気安い口ぶりで告げた。

「ああ、かまわない」

惟宗三郎の応じ方も遠慮のないものである。それから、惟宗三郎は忠司を床几に座らせると、自らもその横の床几に腰を下ろした。

「なぜ、弁慶殿がここに?」

待ち受けていた若い男もまた、忠司を弁慶と思ったようであった。ただし、訝しげな目つきをしているのは白装束のせいだろう。さらに、忠司が後ろ手に縛られていることに気づくと、

「弁慶殿に対し、どうしてこのような扱いをするのだ、三郎殿」

と、惟宗三郎に厳しい目を向けて問うた。

「この者は弁慶殿ではない」

惟宗三郎は表情を変えもせず、落ち着いて答えた。

「弁慶殿ではない?」

男は困惑気味に問い返す。

「答えてやるといい」

惟宗三郎から促され、

「俺は、播磨出身の松原忠司という者だ」

と、忠司は答えた。

「松原？　何と、弁慶殿ではないのか。では、ご血縁の方か」

男が問うと、惟宗三郎は鬱陶しそうな表情を隠しもせず、

「この者は弁慶殿とは縁もゆかりもないそうだ。それに、その話はもう終わった」

と、言った。

「終わったとはどういうことだ。私はまだまったく事情が呑み込めていないぞ」

見目のよい男は眉をひそめて惟宗三郎に抗議する。

「この者は陣の近くをうろついていた。弁慶殿に似ているのはたまたまかもしれんが、間者の疑いも晴れたわけではない。ゆえに、合戦が終わるまでは身柄を拘束すると、判官殿がお決めになられ、私が比企の陣で預かることとなった。これ以上、何か問いたいことがあるか」

惟宗三郎は淡々と畳みかけるように言い、相手の男の口を封じた。

「では、私から逆に問う。貴殿は私の陣へ何をしに来た。幔幕の中で待ち受けねばならぬどんな用向きがあったというのだ」

「そう切り口上で責めずともよかろう。勝手に入らせてもらったのは悪かったが、

次の合戦について思うところを話し合いたいと思ったのだ。陸戦か海戦か、皆が今、最も関心を寄せていることだからな」

「なるほど。畠山（はたけやま）殿はどちらをお望みなのだ」

惟宗三郎が男に問うた。畠山と呼ばれた男は顔を引き締めると、

「それは無論、陸戦だ。海戦となると、どう戦えばよいのか、見当もつかぬ」

と、真面目に答えた。

「坂東（ばんどう）武士の本領は馬上での戦いだからな」

惟宗三郎が納得した様子で応じたものの、その声はどこか突き放したふうにも聞こえた。

（まるで、自分は坂東武士ではないと言っているようだな）

忠司はそんなことを思いながら、二人のやり取りを黙って聞いていた。畠山という武将はまっすぐで、裏表のない人物と見える。惟宗三郎には友人のように接しており、実際、遠慮のない様子からして長い付き合いなのかもしれない。

一方、惟宗三郎の人柄については、忠司はよく分からなかった。常に冷静沈着で、少しのことには動じない胆力の持ち主だということは分かる。だが、あえてなのか、もともとそうなのかは分からないが、あまり内心を表に出さない。だか

ら、何を考えているのか読み切れないし、人と親しくなるのを避けているふうにも見える。

義経が惟宗三郎に対し、妙に丁寧な話し方をしていたのも不思議だった。比企氏の陣に身を置いているという話だが、比企氏とは義経がさほどに遠慮しなければならない相手なのだろうか。そして、比企氏の当主と惟宗三郎とは、どういう関わりなのだろう。

まだまだ不明なことは多いが、注意深く観察していけば分かってくることもあろう。忠司はそう思いながら、二人の会話に耳を傾けていたのだが、

「松原殿」

と突然、惟宗三郎の声が飛んできた。しかも、惟宗三郎が「松原殿」と呼びかけてきたのは初めてである。丁重な呼び方をするということは、形の上では虜囚であっても、敵の間者の見込みは低いと思ってもらえたということか。

ならば、とりあえず突然命を奪われるようなことにはなるまいと、少し安心したその時、忠司の首筋に何やら冷たいものが押し付けられた。

見ることはできなくとも、抜身(ぬきみ)の刀であることは分かる。

「何のつもりだ」

忠司は首を動かさずに問うた。もしや、義経から忠司の身柄を預かったのは、初めから自らの手で忠司を始末するつもりだったからか。

「三郎殿、何をなさる」

畠山が床几から腰を浮かした。

「これから問うことに真剣に答えてほしい。いい加減な答えだと思えば、貴殿の首の筋を斬る」

ほとんど抑揚をつけないしゃべり方が妙に恐ろしい。

「答えられることならば答えよう。知らぬことには答えられない」

忠司は述べた。額からすうっと冷たい汗が伝ってくる。不快だがそれを拭くこともできない。汗が目に入って、忠司は瞬きをくり返した。

「敵は海戦を得意とし、我が軍は陸戦を得手としている。水軍も新たに加わるだろうが、いずれにしても海戦の経験なき者を船に乗せることになろう。その時、我が軍が勝利するためにはどんな策がある」

惟宗三郎は相変わらずの物言いで問うた。畠山は刀を取り出した惟宗三郎にもはや抗議はせず、無言で懐紙を取り出すと、それで忠司の顔の汗を拭いてくれた。

その間、忠司は必死で頭をめぐらしていた。惟宗三郎という男は本気で切りつけてくるに違いない。よもや殺されはしまいと思うが、答えを渋れば、気絶しない程度に拷問される恐れはある。

（壇ノ浦の戦いのことを思い出せ。源氏の大勝利は間違いないが、確かあれは一日で決着がついたはずだ）

平家の水軍もそれなりの戦力を備えていたはずだが、どうして源氏は一日で勝利できたのか。この源平の合戦にまつわる源義経の活躍は数多くの伝説に彩られている。

（ええと、八艘飛び（はっそうと）だったか。那須与一（なすのよいち）が扇の的を矢で射たという話もあったな。いやいや、そんな話は合戦の勝敗とは関わりない）

焦れば焦るほど、今欲しい答えとはまったく関わりない逸話ばかりが思い浮かぶ。

「三郎殿」

無言のままの忠司に代わって、畠山が口を開いた。

「それは今、我らが必死になって考えている難題であり、誰も名案を出せていない。そんな難題を突然投げかけるのは無謀というものだろう。それとも、あくまで松原殿を敵の間者と疑ってのことなのか」

「いや、松原殿は間者ではないだろうと、判官殿は見ておられた。私も初めは疑っていたが、今は違うのだろうと考えている」

「ならば、何ゆえ、そのように難しい問いを……」

「水主だっ！」

畠山の言葉を遮って、忠司は叫んでいた。

「水主だと」

惟宗三郎の声色に、この時初めて、わずかな熱意がこもった。

「なるほど、水主を狙って射殺し、敵の船の動きを止めるのだな」

忠司が説明する前に、惟宗三郎がすばやく告げた。

その通りだ。源義経率いる源氏の軍勢が一日で勝利をわがものとしたのは、平家側の船を漕ぐ水主を射殺し、その機動力を奪ったからであった。潮の流れが変わるや流されるままとなった平家側の船に、源氏の武者たちは襲い掛かり、次々に敵を倒していったはずだ。

そういうことを、忠司が説明するまでもなく、惟宗三郎は察してしまったのである。

「水主を射るだと？」

畠山の口から、驚愕と非難の入り混じった声が上がった。

「水主は兵士として数えていない。兵士でない者を射殺すなど、情け容赦のない行いだ」

「だが、水主を射てはならぬという決まりなどない」

惟宗三郎は淡々と告げた。

「皆がやらぬから、自分もやらぬなどと言っていては、決して人に勝ることなどできはしない。保元元（一一五六）年の合戦を思い出せ。それまでの常識では考えられなかった夜襲を成功させたゆえ、今の法皇さま（後白河法皇）を担ぐ陣営は勝利できたのではないか。今度も同じだ。水主を射て勝てるなら射ればいい。無論、それは相手も同じことだ」

むしろ、こちらが水主を射殺しにかかれば、敵とて同じことをしてくるだろう。その時、いかにして我が軍の水主を守るか、また敵が対策を取る前にどれだけ多くの水主を射殺せるか、そこで勝負は決まるだろう。

惟宗三郎は忠司や畠山に聞かせるでもなく、持論を述べ立てていたが、やがて忠司に突き付けていた刀を不意にしまった。

忠司は思わず大きな息を吐き出したが、惟宗三郎は特別なことをしたという自覚もないようであった。

「おい、どこへ行く」

　突然立ち上がった惟宗三郎に、畠山が声をかける。

「判官殿のもとへ参る」

「今のことを進言するつもりか」

「無論だ。ああ、松原殿のことは貴殿が見ていてくれ」

「さような進言をさせるわけにはいかぬ」

　畠山も立ち上がり、惟宗三郎の腕をつかんだ。

「どんな策であれ、勝てる策があるなら進言するのは臣下の筋であろう。そして、決めるのは貴殿でも私でもなく、判官殿だ」

　堂々と言い返す惟宗三郎に、畠山は返す言葉を持たなかった。ややあってから、惟宗三郎の腕を畠山は離した。

「分かった。だが、私も判官殿のもとへ参る。水主を射るなど悪逆な行いだと申し上げねばならん」

　きっぱりと言う畠山に、惟宗三郎は「勝手にしろ」と呟（つぶや）いた。

　二人は慌ただしく幔幕の外に出ていった。忠司のことを見張っているように配下の者に言い置いていったのだろう、少ししてから、兵士が一人、幔幕の中に入ってきて、忠司の後ろに立った。

(先ほどは焦って口走ってしまったが……)

惟宗三郎の意気込みと、血相を変えて反対する畠山の対立に、忠司はいささか不安を覚えた。だが、史実によれば、平家軍の水主を射ることで、源氏軍が勝利するのは間違いない。

(それにしても、俺は本当に過去の世へ来てしまったのか。あの時、俺は死んだはずだ。ならば、今俺が見ているものはすべて夢なのだろうか)

夢かうつつか確かめようにも、手で頰をつねることもできない。せめて後ろ手の縄をほどいてもらいたいものだと思いつつ、忠司は気持ちを落ち着かせるように、深呼吸をくり返した。

四

惟宗三郎の進言と、それに反対する畠山の言い分を、義経はどう受け止めたのか。自分が思わぬ口を利いたことによる展開は気になるが、半刻(はんとき)(一時間)ほどで戻ってきた惟宗三郎の表情からそれをうかがうことはできなかった。この時、畠山は一緒ではなかった。

「松原殿は間者の疑いがあるゆえ、本陣に置いておくわけにはいかなくなった。それゆえ、背後の小山へ移ってもらう。見張りは比企家より交代でつけることになった」

その場で、惟宗三郎からはそう告げられ、やがて見張り役二人に伴われて、忠司は場所を移動させられた。

このあたりでは火の山と呼ばれるそうで、見晴らしのよい場所からは海も見渡せる。ちょうど見晴台のようになっているその場所に幔幕が張られ、忠司は中へ押し込められた。

退屈なのは耐えられるとしても、せめて体を動かしたい。柔術の基本の型をおさらいしながら、汗をかくことができたら、どれほど気持ちいいだろう。

しかし、虜囚の身で、受け容れられる願いではない。いずれにしても、間者であろうがなかろうが、合戦さえ終われば解き放ってもらえるはずなので、その日を待つしかなかった。

忠司が山中へ連れてこられてから数日、まったく音沙汰のなかった惟宗三郎がやって来たのは、よく晴れた日の夕刻であった。

この日は外で何があったのか、忠司も分かっていた。

いわゆる壇ノ浦の合戦――。

幔幕の中に捕らわれていても、海の方面からは合戦の火蓋を切るほら貝の音、武者たちの雄叫び、怒号、悲鳴などが聞こえてきた。

「窮屈だったか」

具足姿で現れた惟宗三郎は、開口一番、忠司に向かってそう言った。

「それは、まあ」

忠司が応じると、足首と手首の縄を解くよう、惟宗三郎は見張り役の武者に命じた。

「合戦は終わった。判官殿のご命令により、貴殿は解き放たれることになった。どこへでも行ってよいそうだ」

そう言われても、忠司にはこの世界で目指す場所もない。すぐには立ち去りかねていたら、

「平家一門なら大敗し、主だった武将はすべて死ぬか捕らわれの身となった」

惟宗三郎はまったく熱のこもらぬ声で言った。

「俺は平家一門とは関わりない」

「念のため知らせたまでだ。他意はない」

惟宗三郎は言う。

「源氏軍の大勝だろうに、貴殿は少しも気持ちが昂(たかぶ)っていないようだな」

「戦に勝った時は、気持ちが昂らなければならぬのか」

「いや、そういうわけではないが」

自然と昂揚(こうよう)するものではないのか。池田屋事件の時の隊士たちの抑えきれぬ昂奮ぶりを思い出しながら、忠司は言った。夜を徹して戦い、翌日、陽も高くなってから、壬生屯所へ行進した時の晴れがましく誇らしい気分もよみがえってくる。

そういえば、あの時、沿道に群がる人の中に、おるいの姿を見かけたのだったと思い出して、忠司は切なくなった。唐突に、おるいに逢いたいという気持ちが込み上げてくる。

「もし松原殿に急ぎの用がおありでないなら、訪ねてきてほしいと判官殿がおっしゃっていた」

「判官殿が……」

思いがけない惟宗三郎の言葉に、おるいへの苦しい想いがつと脇へそらされる。

「そうするとおっしゃるのなら、ご案内しよう」

義経に会って何を話したいわけでもないが、弁慶には関心があった。他人からも間違えられるほどよく似ていたことも気にかかる。

自分が元いた世からここへ飛ばされた理由も、もしやあの弁慶と関わるのではないか。根拠と呼べるほどのものはないが、弁慶の近くにいれば、元の世界へ戻る方法も見つかるかもしれない。

「では、ご案内をお願いする」

忠司が頼むと、惟宗三郎はわずかに顎を引いた。

「承知した。では、山を下りて浜辺に参ろう。判官殿は今なおそちらで、神器の捜索や虜囚の対応に当たっておられるゆえ」

幔幕の外に出ると、高台から海を見下ろすことができた。波の間を何かが漂っている。船影の形を成していないことは分かるが、そこからでは塵芥のようにしか見えなかった。壊れた船の残骸であろうか。赤く見えるのは平家の旗か。

（俺が水主を射る案などを口にしてしまったからか）

ふと嫌な推測が浮かび、忠司の気持ちは暗くなった。

「我が軍が勝利したのは、敵の水主を射殺したからだ」

まるで忠司の内心を読んだかのように、惟宗三郎が言い出した。

「貴殿の発言を私は判官殿に進言した。だが、貴殿の案のお蔭で勝てたと言うつもりはない」

惟宗三郎が何を言いたいのか分からず、忠司は困惑した。

「私が判官殿に進言した際、すでに判官殿の頭には貴殿と同じ策がおありだったからだ」

言われてみれば当たり前のことだ。忠司はもとよりこの世にいない存在なのだから。

義経は忠司の知る歴史の通り、この時代にしては奇抜な手法で源氏軍を勝利に導いたのだ。それがよき戦法であったのか、道義に悖るやり方であったのかは、後世の人が判断することである。そして、忠司の知る限り、義経のこの戦法を非難する者は後の時代にはあまりいない。

惟宗三郎はすたすたと歩き出した。忠司は慌てて後を追う。

忠司の見張り役だった武者たちは幔幕を片付けてから来るようで、惟宗三郎と忠司は二人きりで山を下りた。その間、惟宗三郎は口を利かず、忠司もこの男とは何を話せばいいのか分からない。

ほどなくして、二人は浜辺に到着した。

先ほど山の見晴台から見た海には、相変わらず船の残骸や旗が浮かんでいた。沈みかけた日輪（にちりん）は紅蓮（ぐれん）の炎を燃やし、命の最後の抵抗を見せているかのような錯覚を起こさせる。

浜辺には、船の残骸や旗の他、鎧（よろい）や兜（かぶと）が無数に散らばっていた。折れた矢や弦（つる）の切れた弓、無論、遺骸もあった。筵がかけられているが、青白い裸足がはみ出ていたり、濡れた女人の黒髪が浜辺を這（は）っている姿は無残である。

惟宗三郎はそれらを見ても顔色一つ変えず、浜辺を見回した。忠司が初めに連れていかれた松林の辺りで、人が忙（せわ）しく動き回っている。赤い鎧を着た人物が床几に座っており、人々に指示を下している様子であった。顔立ちまでは分からぬものの、どうも義経と思われる。だが、忠司がそう思った直後、惟宗三郎は足を反対側へ向けて歩き出した。

義経のもとへ案内すると思いきや、そうではないのか。訝りつつも、忠司は惟宗三郎の後に続いた。

合戦の後始末に忙しくしている人々から離れた場所に、座り込んでいる鎧姿の男がおり、惟宗三郎が向かうのはその男のもとであるらしい。近付くと、男が顔を上げたので、忠司にも誰か分かった。

前に、惟宗三郎の幔幕で顔を合わせた畠山という若侍であった。器量のよい男で、その顔立ちは無論、今も変わっていないのだが、先日よりも精彩を欠いて見える。

戦で疲労していることもあろうが、それだけではないだろう。敵の水主を射るという卑怯な行為によって勝利を手に入れたことで苦悩しているのだ。

自分は余計な進言をしたことで、畠山から恨まれているのだろうか、と思ったが、忠司に向けられた畠山の眼差しは穏やかなものであった。

「おお、松原殿。捕縛は免れたようだな」

畠山は破顔し、本当によかったと忠司を労ってくれた。

「まだ心に鬱屈を抱えているのか」

惟宗三郎が畠山に問うた。

「いや、鬱屈というほどではないが、戦勝を心から喜ぶことができぬ」

「私たちは勝つために戦いに臨んだ。勝たねばならなかった。勝った時に敵の死者が出ることは、お前とて承知していたはずだ」

惟宗三郎が嚙んで含めるように畳みかける。

「我らを卑劣と思うのなら、水主に矢を向けなかった時のことを想像してみればいい。合戦は長引いただろう。味方にも今より大勢の死者が出ただろう。結果として敵味方を含め、死者は増えていたはずだ」

「だが、敵船の水主は死ななかった」

畠山が苦しそうに言葉を絞り出す。

「その時は、追い詰められた敵軍によって、我らの船の水主が先に射殺されていたかもしれないな」

実際、追い詰められた時、敵兵の矢は味方の水主にも向けられたではないかと、惟宗三郎は言った。しかし、その時にはもう大勢が決していた上、源氏軍は兵士たちが水主を守ったので、被害は広がらなかったらしい。

「……そうだな。貴殿の言う通りだ。判官殿のご決断が正しかったことは私も分かっている」

畠山はちらと遠くを見る眼差しになった。その先には松林の前で兵士たちに指示を下す義経がいるのだろう。

畠山は気を取り直した様子で、「よし」と声を上げながら立ち上がった。

「私も判官殿をお手伝いしてくる。先日のご無礼もお詫びしなければな。大将軍の指揮下にある身で、お心を惑わすようなことを申し上げたゆえ」

　それは、畠山が水主を射ることに反対したことを言うのだろう。

「判官殿は、己と考えが異なるからといって、その者を排斥(はいせき)したりはするまい」

「うむ。それは分かっている」

　畠山はそう言ってから、忠司に目を向けると、

「そういえば、きちんと名乗っていなかった」

　と、思い出したように言った。

「私は畠山庄司(しょうじ)次郎(じろう)重忠(しげただ)と申す」

　忠司も改めて「松原忠司と申す」と名乗った。

「松原殿の『忠司』はどう書くのか」

　と、畠山重忠から問われたので、忠司が「忠義の忠につかさどるだ」と答えると、

「私の『忠』と同じ字だな」

　と、重忠は破顔した。

「では、我らは三人とも『忠』を名に持つわけか」

「惟宗三郎殿も同じなのか」

これまで聞いたことはなかったと思いつつ、忠司は改めて惟宗三郎に目を向けた。

「私は忠久という」

惟宗三郎はそれまでとまったく変わらぬ顔つきで告げた。

「なるほど。三人とも『忠』を名に持つわけだ」

名前の字が重なることなど特にめずらしくもないが、二人が遠い時代の人物であると思うと、不思議な気分がした。

畠山重忠は義経のもとへ向かったが、惟宗三郎は歩き出さなかった。忠司を連れていくのはもう少し後にしたいと言う。義経も後始末で忙しいことであろうと思い、忠司は承知した。

「畠山殿は真面目なのが取り柄だが、少々お堅くてな」

次第に小さくなっていく畠山重忠の背中を見送りつつ、惟宗三郎がぽつりと呟く。どことなく相手を軽んじる響きが含まれていて、忠司は不快になった。

「惟宗殿は畠山殿のご友人なのではないか」

「ああ、そうだが」

「友であるなら、もっと別の言いようがあるだろう」

「別の、とは?」

「真面目なのはよきことだ。友であれば、それを認め、誇りに思うところであろう」

つい熱のこもった言い方をしてしまった。だが、ほんの短い付き合いであっても、畠山重忠が優れた人物であることは分かる。

「私が畠山殿をけなしているように思われたのか」

惟宗三郎は皮肉な笑みを浮かべ、忠司を見返してきた。

「松原殿も畠山殿に似ているな」

「真面目でつまらぬ男と言いたいのか」

「いいや。間違ったことを許せぬ、立派な御仁(ごじん)と思うている」

その言い方も嫌味に聞こえる。どうもこの男とは相容れないと思わざるを得なかった。

自分と畠山重忠が似ているとは忠司自身も感じたことで、だからこそ気も合いそうに思える。それだけに、重忠がこの男と親しくしているのは少し不思議でもあった。

「ところで、松原殿はここへ来る前、播磨にいたのか」

惟宗三郎が表情を改め、突然尋ねてきた。

「いや、今までは京に……」

吐く必要のない嘘はできるだけ吐かない方がよいと考え、忠司は正直に答えた。

「ほう。京ならば我らと同じだ。京のどちらにおられた」

最後に居を定めていたのは、新しく新選組の屯所となった西本願寺だが、この時代はまだ創建されていないはずだ。西本願寺にいたのはわずかな歳月だし、壬生に暮らした歳月の方が長い。

「……壬生の……いや、壬生寺に」

屯所という言葉を呑み込み、言い直した。

「ほう、壬生寺か」

惟宗三郎は思わせぶりな様子で呟いたが、それ以上、忠司にものを問うことはせず、海の向こうへと目を向けた。夕陽は禍々しいほどの濃い紅色を放ち、忠司の心は否応なく不安に掻き立てられた。

三章　副将を助けよ

一

　忠司が聞いたところによれば、今は元暦(げんりゃく)二（一一八五）年四月だという。三月二十四日に行われた壇ノ浦の決戦を経て、京へ帰還する義経の軍勢に加わる形で、忠司も京へ戻ることになった。といっても、かつて知る京ではない。

　義経は京に入ったら、自分の館に来ないかと勧めてくれた。合戦が終わった今、間者かと疑う必要はもはやないし、水主を射るという案を持ち出した忠司に興味があるらしい。

　寝泊まりさせてもらえるのはありがたいが、あまり詮索されたくないという事情もある。特に、なぜ水主を射ればよいと思ったのかと問われた時、うまい言い訳も思いつきそうにない。

「京には知る場所もありますので、まずはそこを訪ねてみようと思います」

義経にはそう答え、入京後、忠司は軍勢から離れて壬生を訪ねた。

新選組が壬生屯所としていたのは、壬生寺の隣の八木邸だが、壬生寺の敷地も隊士たちの鍛錬のために利用させてもらっていた。

（壬生寺はあるのか）

朱雀大路を歩みつつ、忠司はふと不安に駆られた。朱雀大路は忠司の世にも存在するが、小さな家々はともかく、大きな邸宅の築地にも見覚えがない。牛車が道を行くのもめずらしいし、人々の格好もそうだ。戦場では甲冑や具足姿しか見ていなかったから、若干古めかしいくらいにしか思わなかったが、京の町中ではふだん着の人々を大勢目にすることになった。階層によって形は違うが、男は皆、烏帽子を被り、女は髪を結い上げず、せいぜい一つに結ぶだけ。絵草紙で見るような格好の人々に、忠司は改めて茫然とした。

本当に遠いところに来てしまったのだと実感される。同時に、いつか元の世へ帰れるのかと疑う気持ちも生じた。帰れないのであれば、残る人生をここで過ごさなければならないのか。

見知らぬ景色に見入ったり、人にものを尋ねたりしながらなので、足取りはいつもより遅くなったが、やがて忠司は東西に延びる四条大路に到達した。念のため、人に訊いて確かめてから、右京――西側へと道を折れる。

その北西の位置に、長く続く築地が見られた。広大な敷地を取り囲んでおり、公家の邸かとも思われるが、築地はひどく傷んでいる。四条大路に面していたので、そこを通りかかった侍風の男に尋ねると、

「朱雀院さんじゃ」

という。

もともと上皇の暮らす御所だったが、今は使う人もおらず、荒れるがままにされているのだそうだ。

かつていた世に朱雀院という建物はなかったから、いずれ朽ち果てる運命なのだろう。

忠司はその朱雀院の築地に沿って、四条大路を西へ向かった。さらに進んだ五条寄りの場所に壬生寺はあるはずだが……。

しかし、どれだけ進んでも、それらしき建物など現れない。朱雀院の辺りにはまだ寺社の敷地らしきところもあったが、その築地が果てたあとの西側はもう、

ただの空き地が広がっているだけであった。この辺りはもともと湿地帯で、忠司の知る世では、壬生屯所の西側は畑地となっていたが、この頃は畑としても利用されていない。

(惟宗三郎殿は俺が壬生寺と言った時、何も言わなかったが……)

だから、壬生寺はあると思ってしまったが、そういうことではなかったのか。

(壬生寺はどういう経緯(いきさつ)で建てられたのだったか。寺の縁起を聞いたことはあったはずだ)

忠司は必死になって思い出そうとした。そうするうち、一つの声が頭の中に聞こえてくる。

——この壬生寺はな。三井寺(みいでら)の何とかいう偉い坊さんが、母御のために地蔵菩薩の像を安置するため建てたものらしいぞ。

忠司にそう教えてくれたのは、山南敬助であった。

肝心の坊さんの名前が分からないので、はなはだ不安ではあるものの、三井寺の僧侶というだけでも手掛かりになるかもしれない。いつの時代のことかははっきりと覚えていないが、かなり古い寺のようだと、山南以外の者も言っていたような気がする。

とりあえず、人に訊いてみようと辺りを見回したが、通行人は一人もいない。朱雀大路へ踵(きびす)を返せば、途中で誰かに会うだろうと思ったが、何と一人の通行人にも行き合わぬまま、朱雀大路へ戻ってしまった。

その後、朱雀大路を行き来する人に「三井寺の僧侶が建てた地蔵尊を祀(まつ)る寺はどこにあるか」と尋ねて回ると、三人目の三十路(みそじ)ほどの女が「それなら小三井寺(こみいでら)のことやろか」と言った。

「小三井寺……？」

生憎、その名には聞き覚えがない。だが、その女も含めて誰も、壬生寺などという寺は知らぬと言う。その女によれば、小三井寺の開祖は三井寺の僧侶快賢(かいけん)だそうで、二百年ほど前、快賢が母のために地蔵尊を納めたという話であった。それは、忠司が山南から聞かされた話と酷似している。

「その小三井寺はどこにあるのか」

身を乗り出すようにして問うと、

「小三井寺なら、すぐそこじゃ」

女が指したのは、四条大路から南西の敷地であった。その辺りに寺社らしきものがあるのは先ほど忠司も気づいていたが、自分の知る壬生寺の場所ではなかったので、通り過ぎてしまったのである。

（となると、その小三井寺がのちに壬生寺と呼ばれるようになり、場所も俺の知る西寄りの土地へ移されたということか）

この時代から忠司の時代まで、六百年以上もある。その間には戦国の世もあったのだから、荒廃や火事の憂き目に遭ったとしても不思議はない。

忠司は礼を言い、女から聞いた小三井寺へと赴いた。参拝者は見当たらなかったが、境内には僧侶の姿も見受けられ、忠司は合掌して頭を下げた。

「地蔵菩薩さまを拝ませてください」

と、僧侶に言うと、「どうぞ」と本堂まで案内してくれた。外からの光があまり届かない薄暗い本堂の奥に、地蔵菩薩が鎮座している。錫杖を手にした三尺ほどの姿は確かに見覚えのあるものだった。追手から逃げる武士の代わりに、捕らわれの身になってくれたという逸話があり、「縄目地蔵」と呼ばれ親しまれていた。とはいえ、それは南北朝の頃の『太平記』にある話だから、この時代はまだ縄目地蔵とは呼ばれていないだろう。

（ようやく俺になじみのあるものに出会えた）

旧友に再会したような喜ばしさが胸に込み上げてくるのを感じながら、忠司は地蔵尊の前で手を合わせた。

参拝を済ませて本堂を出ると、初夏のまぶしい陽光に目がくらみそうになる。その瞬間、大事なことを思い出した。

この寺は小三井寺と呼ばれており、壬生寺とは呼ばれていない。ならば、忠司が壬生寺と口にした時、どうして惟宗三郎は何も言わなかったのだろう。

（いや、源氏軍は東国の武士たちのはず。京のことにはくわしくないのだろう。だから、惟宗三郎殿は寺の名を聞いて、そういう寺があるのかというくらいに思ったのではないか）

無論、この先、気づかれるかもしれないが、問いただされたら、壬生にある寺だからそう言ったのだとごまかせばいい。そう考えついた時、ふと思った。自分は惟宗三郎と再び口を利く機会があるのだろうか、と――。

このまま義経のもとへ戻らなくとも、もはや追手がかけられることはあるまい。もちろん戻れば、義経は配下に加えてくれるかもしれないし、そうなれば惟宗三郎や重忠とも再び会えるだろう。

（しかし、俺はこの先……）

どうしていきたいのか。

義経の末路は知っている。兄の頼朝から排斥され、都を追われた末、確か平泉で討たれるはずだ。

不運に見舞われると分かっている人を、目の前に見ているのはつらい。それならば、義経に注意を促し、平泉以外の場所へ逃がすなどの手助けをしたらいいのか。

（だが、どう言えば、信じてもらえるのだろう。兄の頼朝に注意しろ、などと言ったところで、そんなことは判官殿とて分かっているはず）

まさか、遠い先の世からやって来たなどと言うわけにはいかない。いや、言ったところで信じてもらえるとは思えない。

（では、何も言わずに放っておけばよいというのか。それは薄情ではないのか）

次から次へ問いが浮かんでくるが、明確な答えは何一つ得られない。

その時、境内に新たな参拝客が入ってきたようで、忠司は我に返った。大人数のようだと思いながら、本堂へ向かってくる人々に目をやると、忠司は「おお」と思わず声を上げてしまった。

女二人に、七つ八つの男の子を、四人ばかりの侍が囲んでいるという妙な集団だったが、その中に見知った顔があったのである。

「畠山殿」

忠司は呼びかけながら、畠山重忠の方へ歩き出した。重忠は他の三人の侍たちと同様の具足姿で、洛中へ入ってから帰宅もせず、すぐにここへ向かってきたようであった。

「松原殿はどうしてこちらへ？」

目を見開いて問う重忠に、忠司は一瞬迷いながらも、

「古い知り合いを訪ねてこちらへ来たついでに、参拝に立ち寄ったのだ」

と、答えた。知り合いは居を移したようで会えなかったと言うと、重忠はそれ以上尋ねてはこなかった。

「それより、畠山殿はどなたの付き添いでこちらへ？」

忠司が尋ねると、重忠は「少しよろしいか」と言い、付き添いの中の一人に目配せをした後、忠司を女や少年たちから離れた場所へと導いた。

重忠が目配せをした若い侍が近付いてくる。

「こちらは河越小太郎（こたろう）殿とおっしゃる。私の親戚筋で、判官殿の義弟に当たる方だ」

と、重忠は純朴そうな若者を忠司に引き合わせた。義経の義弟ということは、

この若者の姉が義経の妻になるのかと、忠司は心に留める。

「河越小太郎です。こちらが噂の弁慶殿によく似た方ですな」

と、河越小太郎は興味深そうな眼差しを忠司に向けて言った。

「さよう。しかし、弁慶殿との関わりはないそうだ。播磨から来た松原忠司殿とおっしゃる」

忠司と河越小太郎の挨拶が終わると、重忠は本堂へと向かう少年たちに目を向け、

「あちらは平家の虜囚の方々なのだ」

と、声を低くして告げた。おおよそ予想できたことなので、忠司は黙ってうなずく。

「平家の総大将、前内府（平宗盛）の子息で副将君という。ここは、亡き母君がよく参拝していた寺だそうで、若君が立ち寄りたいとおっしゃるのでな。判官殿も了承されたので、お連れした次第だ」

重忠が説明した。河越小太郎はこの副将の身を義経から預けられたという。

「これからのことを思うと、気が沈みます」

まだ十代と見える河越小太郎は、大きな溜息を漏らした。

「これからのこととは？」

忠司が問うと、河越小太郎はちらと重忠と目を見交わした後、

「あの若君の命をもらい受けねばなりません」

と、暗く沈んだ声で告げた。

「何と、幼い子の命を取るなど――」

戦国の世でもあるまいに、と言いかけて、忠司ははっとする。ここは戦国の世よりもっと前の時代なのだ。それにしても、何という野蛮な風習がまかり通っていたのだろう。

連座は致し方ない。しかし、出家させるなり、遠国へ流すなり、命だけは救う処遇にしてやれないものなのか。

「若君は八つ、壇ノ浦で海に沈まれた先帝（安徳天皇）と同い年だそうです。判官殿も先帝をお救いできなかったことを悔やんでおられる。ゆえに、せめて先帝のお従弟となる若君をお救いできれば、と言っておられました。けれども、鎌倉からの意向では、平家一門の血を引く直系男子はすべて――」

河越小太郎は目を伏せ、静かに首を振る。

（源頼朝は平家の男系を根絶やしにするつもりなのか）

そういえば、そんな話が『平家物語』にあったかもしれない。だが、頼朝自身はまだ十代の頃、平清盛に命を救われ、伊豆に流されたのではなかったか。そんな恩がありながら、清盛の血を引く子孫を根絶やしにするなど仁義に悖る行いだ。

断じて見過ごしにはできない。

「あの若君を何とかして救うことはできないだろうか」

忠司は重忠と河越小太郎に低い声で切り出した。二人がはっと表情を険しくし、忠司を見つめ返してくる。

だが、二人の目の中に、非難の色はなかった。河越小太郎はむしろ救われたような表情を浮かべていたし、重忠は憂いが晴れたという明るい眼差しをしている。

この二人は力を貸してくれると、忠司は直感した。

「判官殿も陰ながら力を貸してくださると思います」

河越小太郎は言った。無論、これは隠れて行うことであり、断じて鎌倉方に気づかれるわけにはいかない。だから、義経を巻き込むのは危険が大きいが、義経までも騙し通すことは難しかろう。

「ひとまず、若君と女房たちを私の館に軟禁した後、判官殿の館へ参ります」

と、河越小太郎が言うので、忠司も同行させてもらうことにした。重忠も京の館へいったん戻った後、義経の館へ出向くという。

「では、後ほど、判官殿のお館にて」

本堂から出てきた副将らを連れて小三井寺を出たところで、重忠と連れの従者一人は去っていった。

「あの方には申し訳ないことをしてしまったかな」

去っていく重忠の背を見つめながら、河越小太郎がぽつりと呟くのを忠司は聞いた。

「この企てに巻き込んだことをおっしゃるのか。ならば、畠山殿にはこの先のことからは手を引いていただいても」

「いえ、そのことではありません」

と、河越小太郎は忠司に目を向けて言った。

「判官殿の館には、私の姉がおりますので」

「ああ。判官殿のご正室だな」

「はい。畠山殿は姉上や私と幼なじみで……。その、はっきりお聞きしたわけではありませんが」

言いにくそうに口ごもる河越小太郎の様子から、忠司も察した。

「あの方は小太郎殿の姉君を――?」

慕っていたということなのだろう。だが、その幼なじみの娘は義経の妻になってしまった。

想う相手と結ばれない悲しみは、いつの世でもあることなのだ。

「そうであったか」

忠司の胸に、おるいへの切ない想いがよみがえってくる。

河越小太郎は気持ちを切り替えるように、副将の前へ進み出ると、

「これから、我が館へお迎えいたします。五条にありますゆえ遠くはありませんが、歩いていただきます。牛車や馬はご用意できませんが、よろしいですな」

と、告げた。

「大事ない」

副将は気丈に言った。これまでは、大路を自分の足で歩くような暮らしではなかったのだろう。

(公家や大名家の若君のようなものなのだからな)

忠司は改めて副将の顔を見つめた。少しひ弱そうにも見える色白の少年だが、河越小太郎や忠司に向ける眼差しはきつい。

「では、参りましょう」

河越小太郎を先導に、忠司と副将、女たちが続き、その周辺を寺の門前で待ち受けていた者も含め、河越家の従者たち数人が守る。

一行は無言で進み続けた。副将は乳母と思われる女に手を引かれつつ、懸命に歩いている。ちらと様子をうかがうと、泣くまいとしてか唇をぎゅっと嚙みしめた様子が痛々しく、忠司はそっと目をそらした。

二

それから一刻（二時間）ほど後、忠司は河越小太郎と共に、義経の六条堀河館の一室へ通されていた。やや遅れて畠山重忠も到着した。

「副将君のことでご相談が」

と、河越小太郎が言うと、義経は心得た様子で人払いをし、弁慶に居室の前で見張りをさせた。これならば、万一この館内に頼朝の手先が紛れ込んでいたとしても、話を聞かれる恐れはない。

「私が言い出したことなので、私から申し上げてもよかろうか」

忠司が申し出ると、重忠と河越小太郎が承知したので、忠司は義経に体ごと向き直り、口を開いた。

「判官殿は副将君を斬るよう、河越小太郎殿にご命じになられたそうですが、それは本意ではないと私は思っております。いかがでしょうか」

「幼い子を助けたいという思いは確かにある。されど、前内府のお子であれば致し方ない。鎌倉の兄上のご判断が間違っているとは思わぬ」

苦渋の色を滲(にじ)ませつつも、義経はきっぱりと告げた。

やはり、生き残った敵方の男子は処罰するべき、というこの時代の考え方に、義経も染まっている。こうした考え方は戦国の世にまで引き継がれるものだ。だが、江戸開府の後は太平の世となり、無駄な命の奪い合いはなくなった。そういう思想を、どう言えば、この時代の人に理解してもらえるだろう。

「一人前の武者として戦場に出た身であれば、斬首も仕方ないと私も思います。当人にもその覚悟あっての参戦でしょうから。しかし、副将君はまだ八つと聞きました。判官殿のご兄弟はかつて平家に命を救われたのでしょう。今度は判官殿たちが平家の若君を救う番ではないのですか」

「とはいえ、あの時助けられた我々は皆、長じて後、平家を倒すために鎌倉の兄上のもとに集まった。そして、まことに平家を倒した。副将君がいずれ我らの敵になることは十分に考えられる」

そんなことを言ったところで、副将が成人する前に、あなたは頼朝から敵と見なされ、殺されるのだ——という言葉が頭をよぎったが、それを言うことはできない。

「ですが、判官殿。罪なき者の命を奪えば、怨霊となって祟るやもしれませんぞ」

その時、それまで無言だった重忠が口を添えた。

義経の苦渋の色はさらに深まったようであった。

（なるほど、この時代の人は怨霊を恐れるのだな）

忠司とて祟りを端から信じないわけではない。だが、怨霊の報復といったことを心から恐れたことはなかった。

「副将君の命を救うのは、判官殿や鎌倉の方々を守ることになるかもしれません。どうか、副将君をお助けください」

忠司はさらに言葉を重ねて頭を下げた。

「判官殿、私からもお願いいたします」

「私からも」

重忠と河越小太郎が後に続くと、義経も心を決めたようであった。河越小太郎が言っていたように、もともと助けられるものなら助けたいと義経は考えていたようだ。

「確かにそうかもしれぬ。だが、兄上を説得するのは難しかろう」

義経の言葉に、忠司は顔を上げると、言葉を継いだ。

「説得していただくには及びません。処刑をしたことにして、ひそかに助ければよいのです」

忠司はここへ来るまでの間に考えていた企てを披露した。

「処刑は河原で行うのがよいでしょう。そこで処刑したふりをし、お付きの女房殿たちに言い含めて、人形の首と胴を抱えて川へ飛び込んでもらうのです。女房殿たちは我々でお助けするも、亡骸(なきがら)の首と胴は川に流されてしまった、ということにしてはどうでしょうか」

「なるほど。検死の者は派遣しなければならないが、私の意を含ませた者を遣(つか)わせばよいのだな」

「はい。河越小太郎殿に斬首をご命じになり、畠山殿を検死役になさればよいでしょう。私は副将君を連れて、すぐに京を出ていきます。判官殿の前には二度と姿を見せませぬ。私がいなくなったところで、気にする者もいますまい」

義経や重忠、河越小太郎がこの先、副将をかくまうのは難しいだろう。万が一、それが知られた時のことも危惧しなければならない。

しかし、忠司はもともとこの世界の住人ではないのだ。副将を連れて、どこへでも姿をくらますことができる。

「そなたが副将君を連れて行方をくらませるのか」

義経は少し驚いた目を向けてきた。

「そなたには、私の配下に加わってもらいたいところだったが……」

「判官殿には弁慶殿がおられるではありませんか」

弁慶が二人もいる必要はありますまい、と忠司は軽口に紛らせたが、

「いや、そなたは弁慶とは違う」

と、義経は真面目な口ぶりで言い、忠司をじっと見つめてきた。

「反対する者も多かった戦略だが……敵船の水主を射るという戦略を思いついたそなたを、私は余人に替えがたい者と思ったのだ」

義経は幾分重忠の方を気遣いつつも、きっぱりと言った。

「私が申し上げる前から、判官殿はその案を思いついていたと聞きましたが」

「その通りだ。だが、他にもそう考える者がいると知って、心強く思ったのは確かだ。そういう者にそばにいてもらいたいと思ったのだが……」

「ですが、私以外の誰かがこの役を引き受けられるとは思えません。判官殿の信頼する配下の方に頼むことはできるでしょうが、突然いなくなれば、周囲の者が不審に思うでしょうから」

忠司がそう言うと、義経もそれ以上我が意を通そうとはせず、話を変えた。

「それにしても、この企ては秘密裡に行わねばならぬとはいえ、大掛かりなものだ。我々四人のみで行うということでよいだろうか」

「判官殿」

と、その時、重忠が顔を上げた。

「惟宗三郎殿を引き入れるのはいかがでしょうか。頭も切れ、信頼できる男です。何より、いざという時、適切な対応を取れる人物と思うのですが」

「惟宗三郎殿か」

義経は少し考え込む様子になった。

忠司の知る限り、義経は惟宗三郎を丁重に扱い、信頼もしているようであった。

義経や重忠がそうしたいと言うのなら、忠司としては、惟宗三郎を仲間とすることに異存はない。だが、ややあって顔を上げた義経は、

「いや、惟宗三郎殿には知らせぬ方がよい」

と、言った。

「私もそう思います。下手をすれば、鎌倉殿に話が筒抜けになりましょう」

と、河越小太郎が義経に同意を示す。

鎌倉殿とは頼朝のことであろう。

惟宗三郎が親しい仲の重忠を裏切り、頼朝に秘密を明かしてしまうというのは、少し突飛（とっぴ）な考えという気がしなくもないが、重忠もそう言われると素直に引き下がった。

「では、女房への言い含めや、骸（むくろ）の代わりとする人形（ひとがた）などは、小太郎、そなたが手はずを整えられるか」

義経が尋ね、河越小太郎は「お任せください」と請け合った。

「副将君を斬る前日に、内府（だいふ）との対面を許すことにする。その翌日の夕暮れ時に、六条河原で実行せよ。こちらからは、検死役に畠山殿を指名するゆえ、その場は二人でうまくやってくれ」

「かしこまりました」

重忠と河越小太郎はそろって頭を下げた。

話し合いの場はそれで終わり、忠司と重忠、河越小太郎は義経のもとを辞した。忠司は副将のそばにいた方がよいというので、この後、河越家の世話を受けることになった。ところが、堀河館を出たところで、

「松原殿に少し話したいことがあるのだが、よいだろうか」

と、忠司は重忠に呼び止められた。河越家と畠山家の館は同じ五条にあり、さほど離れていないという。河越家の館へは重忠が送ってくれるというので、忠司は承知し、河越小太郎は先に帰っていった。

「話というのは、惟宗三郎殿のことなのだ」

と、重忠は歩きがてら切り出した。

「先ほどの判官殿のお言葉、少し心に引っかかったのではないかと思ってな」

「妙に思わなかったといえば嘘だが、俺は近々、ここを去る身だ。気にしたところで益などないし、何らかの事情があるのだとしても、打ち明けてくれるには及ばない」

忠司は思うところを正直に述べたが、それでもやはり話しておきたいのだと、

重忠は言った。

「惟宗三郎殿は松原殿を気に入っているのだと思う。できるなら、友誼を持ちたいと思っているだろう」

「あまりそうは思えなかったが……」

　惟宗三郎の態度を思い出し、忠司は首をかしげたが、

「三郎殿は内心を表に出すのが下手だからな」

と、重忠は言う。下手というより、わざとそう振る舞っているように見えたが、忠司は黙っていた。それから、重忠が惟宗三郎の事情とやらを話し出すのかと思いきや、その後はただの雑談になった。

　重忠は自らの故郷である武蔵国畠山荘のことや、その近くに河越小太郎の育った河越荘があること、また惟宗三郎の母方に当たる比企氏の領地が近いことなどを、問わず語りに語った。

「惟宗三郎殿の母君と、河越小太郎殿の母君はご姉妹でな」

「では、お二人は従兄弟同士になるのか」

　そんなつながりがあるとは思わなかったので、忠司は少し驚いた。その割に、河越小太郎は惟宗三郎を信頼しているふうではなかった。どうしてなのだろうと

思ったが、重忠はそれについては触れず、

「片や、私と河越小太郎殿は父方で血がつながっている。河越も畠山も元は秩父氏の出ゆえ」

と、話を変えてしまった。

両家は秩父氏嫡流の座を争ったこともあったそうだが、今は河越氏が嫡流として認められており、両家の間柄も悪くはないのだという。

（それはそうだろう。畠山殿は何せ、河越小太郎殿の姉君を慕っておられたそうだからな）

だが、その娘は義経の妻になってしまった。河越小太郎から聞いた話をひそかに思い返したりしながら、忠司は重忠の話を黙って聞き続けた。

そうするうち、やがて二人は畠山家の館に到着した。義経の堀河館よりはるかに小ぶりな館である。

「少々狭いが、上がっていってくれ」

重忠はそう勧め、奥の間で二人だけになってから、ようやく、

「惟宗三郎殿のことだが」

と、切り出した。道すがら話せるようなことではなかったと言う。

「少々、複雑な生い立ちのお方なのだ」

と、まず重忠は告げた。

「母君は丹後内侍（たんごのないし）殿とおっしゃる方で、比企氏の出でいらっしゃる」

惟宗三郎の生母が比企氏であることは、忠司も承知していた。

「比企尼（ひきのあま）君をご存じか」

それは知らなかったので、忠司は首を横に振った。

「鎌倉殿の乳母のお一人だ」

なるほど、頼朝の乳母の一族として、比企氏は力を持ったということなのだろう。その比企尼の長女が丹後内侍で、あの惟宗三郎の母に当たる女人だ。一方、比企尼の次女は河越家に嫁ぎ、義経の妻や河越小太郎の母になったという。

「それでは、丹後内侍というお方は惟宗家へ嫁がれたのだな」

忠司が頭の中で話を整理しながら問うと、

「うむ、初めはな。今は別の家に縁付かれている」

と、重忠は答えた。

「ならば、三郎殿は母君の前夫のお子というわけか」

母が別の家に嫁いだ後も、三郎は父親の惟宗家に残されたということだろう。

「惟宗氏は、京の近衛家の家司を務めるお家で、三郎殿はずっと京で暮らしておられた」

そう聞いた時、何かが引っかかったが、重忠が語り続けたので、忠司はそちらに気を取られてしまった。

「三郎殿の父君は表向き惟宗氏となっているが、実は違うのだ。ご本人も周りも知っていることだが……」

「つまり、母君は惟宗氏に嫁がれる前にも、夫をお持ちだったということか」

丹後内侍という女人は、ずいぶん多くの男と縁を結んだようだ。

「くわしいことは私も知らぬ。ただ、三郎殿は惟宗氏に育てられ、今もそう名乗っているが、実の父君は別にいるということだ」

「では、実の父君とは誰なのだ」

「鎌倉殿だ」

「え……」

あの惟宗三郎は、源頼朝の息子だったということか。

義経と惟宗三郎はあまり変わらぬ年齢に見えたが、叔父と甥の間柄だったことになる。それならば、義経が惟宗三郎に気をつかっているふうに見えたのも、惟宗三郎にというより、頼朝への遠慮だったのかもしれない。

「判官殿がこの企てを惟宗三郎殿に知らせまいとしたのも、河越小太郎殿が鎌倉殿に筒抜けだと心配したのも、それが理由だったのか」

「うむ。だが、三郎殿は鎌倉殿の子と認められたわけではない。もはや誰もが知ることだが、正式に認められることはこの先もないだろう」

「それで、比企氏の軍に加わっておられたのか。母君の実家の軍に加わるというのは、妙な話だと思いはしたが」

「本来ならば、源氏の血筋。しかも鎌倉殿の長子となれば、判官殿のように大将軍に任じられてもおかしくない。それでいて、一軍の将にさえなれぬのだから、忸怩（じくじ）たる思いもおありだろう」

　内面を表に出さぬ淡々とした物言いや表情を思い出し、忠司はさもあろうと思った。

「だが、三郎殿は信ずるに値せぬ方ではない。貴殿には誤解してほしくなかったのだ」

　忠司が誤解したままだからといって、惟宗三郎は何とも思わないかもしれない。また、副将を連れて忠司が都を離れた後は会うこともないかもしれない。

それでも、忠司の誤解を正そうとせずにいられないのが、重忠の優しさなのだろう。

「お気持ちはよう分かった。惟宗三郎殿と顔を合わせる機会がこの先、どれだけあるか分からぬが、曇りのない目であの方を見るよう努めよう」

「いや、貴殿はまるで永の別れとなるような物言いをするが、私はそうは思っていない」

不意に、重忠は忠司をじっと見据えて言い出した。

「どういうことだ」

「貴殿は副将君を生かした後、どこへお連れするつもりなのか。貴殿の故郷の播磨国か」

そこまではまだ考えていなかった。播磨は確かに生まれ故郷だからよく知る土地だが、この時代の播磨になじみがあるわけではない。

「播磨は避けた方がよいと思う。もっと言えば、畿内や西国からは離れるべきだ。しばらく、京を中心に平家の若君たちを捕らえようとする者が出没するだろうからな」

「そういうことがあるのか」

愕然とした。だが、平家の若君たちを鎌倉側に差し出し、褒賞を得ようという輩がいてもおかしくない。

「私は、副将君を我が畠山荘へお連れしてはどうかと考えている」

「さようなことをすれば、要らぬ疑念を持たれはしまいか」

「無論、私が連れていけば、疑いのもととなろう。だが、連れていくのは貴殿だ。誰が警戒するというのだ」

それに、頼朝の息のかかった側近が用もないのに武蔵国へ出向くことはまずないと、重忠は告げた。

他所の土地から人が来ることもない田舎だから、のんびり過ごすことができるという。改めて居を移すにしても、しばらく畠山荘で身を潜めるのは悪くない話であった。

「そのことを判官殿や河越小太郎殿に話すのか」

「いや、告げないでおこうと思う。河越小太郎殿は所領が近いゆえ、いずれ話すとしても、判官殿は知らぬ方が御身のためだろう」

それから、重忠は義経が後白河法皇からの任官を勝手に受けたことで、頼朝の怒りを買ったのだということを話してくれたが、その話は忠司も知っていることであった。

「分かった。そういうことなら、ひとまずは貴殿の畠山荘を目指すことにする」

忠司は重忠のまっすぐな目を見返して言った。

「では、それで支度を進める。畠山荘への行き方もお伝えするゆえ、また改めて話をしよう」

忠司はゆっくりとうなずき返した。

三

義経、畠山重忠、河越小太郎、忠司の四人で考えた策は、河越家の郎党(ろうとう)の他には、副将の乳母と女房に伝えただけで、副将本人には知らせていない。

乳母と女房は河越小太郎から聞かされた話に、涙を流して感謝したという。

「若君はお助けする。おぬしら二人には若君の亡骸に見せかけた人形を抱いて、川へ飛び込んでもらわざるを得ないが、無論、我が郎党が川から引き上げる。されど、その後、若君には二度と会えぬことを覚悟してもらわねばならぬ。遠くから姿を見ることや、文(ふみ)の類も許されぬ。本気で若君は亡くなったものと思い、世間にもそう見えるよう振る舞ってほしい」

乳母と女房は「若君さえ助けていただけるなら」と言い、事が終わった後は出家すると誓ったそうだ。また、副将にこのことは伝えないことも了承し、悟られぬようにすると約束もした。

「乳母殿らが話していたのですが……」

と、暦が五月に替わった日の夕方、河越小太郎は副将の身の上について忠司に話してくれた。

「副将君の母御は、産後間もなく亡くなられたそうです。その時、ご夫君の内府に、若君を乳母に預けっぱなしなどにせず、手もとで育ててほしいと言い置いたとか。内府はその意をお汲み取りになり、お手もとで育てられた。副将君の兄上がいるのですが、その方を将来は大将軍とし、弟を副将軍にという意をこめて、副将と名付けられたそうです。兄君は合戦にも加わっておられたゆえ、内府と同じく斬首は避けられぬでしょうが」

「そうか。その母君が小三井寺の地蔵菩薩を信心しておられたのだな」

忠司は副将らと出会った時のことを思い出して呟いた。

「それゆえ、乳母たちは小三井寺の地蔵尊におすがりすれば、副将君を守ってくださるかもしれぬと、寺参りを願ったそうです。さっそく祈願を聞き容れてくださったと、乳母たちは泣いておりました」

「ならば、なおのこと、お救いせねばならぬな」

忠司が小声で言うと、河越小太郎は深くうなずいた。さらに、忠司よりも小さな声でひそかに続ける。

「判官殿は五月七日、鎌倉へ向けて出立することになりました。ゆえに、五日に副将君を父君と兄君のもとへお連れし、最後のお別れをしていただくことになっています。そして、翌六日の夕暮れ、六条河原にて」

副将の首を刎ねるという。そのための支度もすでにできているそうだ。

六条河原までは乳母や女房と一緒に牛車で連れていき、夕闇にまぎれて副将の首を斬る。無論、この時は人形の首を代わりに刎ねるのだが、念のために鶏の血まで用意するそうだ。

「松原殿は河原でお待ちいただき、処刑が始まった頃には副将君を連れて、その場を離れてください。後のことはお任せいたします」

忠司はおもむろにうなずいた。

副将を助け出したら、その足でまずは洛中の外へ出るつもりだった。伏見の辺りならば少しは分かる。その晩は野宿するしかないだろうが、翌日からは状況を見ながら武蔵国の畠山荘を目指す予定であった。

東海道を使えるとよいが、義経の一行が東海道を行くのと鉢合わせするわけにはいかない。そのため、北陸道を行くか、中山道を使う心づもりであった。

いずれにしても、処刑の偽装がうまくいけば、追手がかけられることはないので、焦る必要はない。ただ、平家の男子を捕らえて差し出そうという輩には注意しなければならないだろう。

思案を重ねるうち、瞬く間に日は過ぎていき、やがて五月五日になった。副将は乳母や女房に付き添われ、義経の堀河館に捕らわれている父や兄に会いに出かけた。これが最後の別離となる。

副将にそう知らされたわけではなかったが、河越家の館へ帰ってきた時、泣き腫らした跡が見られた。乳母や女房も同じである。しかし、女たちは明日の大仕事を失敗せずにやりおおせなければならぬという緊張感があるのか、幾分強張りの抜けぬ表情を浮かべている。

車寄せの端の辺りに立つ忠司と目が合うなり、女たちはそっと目を伏せた。忠司が副将を連れて逃げる男だと知らされてはいるのだろうが、互いに言葉を交わしたことはない。河越家の中には事情を知らない者もいるので、必要以上の接触はしないようにしていた。

無論、副将に対してもそれは同じで、忠司はわざわざ話しかけたりはしていない。ただ、逃亡の道連れが顔も知らぬ相手では不安がらせるだろうと、なるべく副将の目に入るよう気を配りはした。副将はおそらく、忠司のことを河越家に仕える侍の一人と思っているだろう。

そして、いよいよ当日の五月六日。

忠司は夕方になる前、一人身支度を整え、河越家の館を出た。先に六条河原へ出向き、副将を乗せた牛車が来るのを待つのである。

牛車が到着したら、その後方に張り付き、河越小太郎と乳母たちが「副将を出せ」「いや、出さぬ」と言い合っている隙を縫って、副将を牛車から連れ出す。あとは、検死役として派遣された使者に見つからぬよう、闇に紛れてその場を去る手はずであった。とはいえ、検死役も畠山重忠のはずだから、万一見られたところで、気づかぬふりをしてくれるだろう。

重忠からは、北陸道および中山道のそれぞれを使った畠山荘への行き方をしためてもらった。菅谷館（すがややかた）というその館で暮らす妹姫に宛てた文も預かっている。

それとは別に、妹姫には重忠から文を送り、事情を知らせておいてくれるそうだ。また、重忠自身も義経に従って鎌倉入りを果たした後、畠山荘へ来てくれることになっていた。

重忠とは固く再会を期し、酒を酌み交わした。河越小太郎とも昨晩、別れの挨拶を交わしている。

義経とは会えなかったが、河越小太郎を通して別れの挨拶は伝えてもらった。あえて言うなら、入京以来、惟宗三郎と会っておらず、別れを告げられないのが心残りではある。かつては、何を考えているのか分からぬ男と思っていたが、彼の抱える重荷を聞いてからは、もっと違う付き合い方ができたのではないかという気もしていた。

だが、今は惟宗氏の館にいると聞く三郎をわざわざ訪ねていけば、妙な勘繰りをされる恐れもある。迷った末、忠司は惟宗三郎には会わず、旅立つことにした。

忠司はまだ日が高いうちに六条河原に到着した。河原を行き来する人の姿もある。日暮れまでの間、忠司は周囲に怪しい者がいないか確かめながら、周辺を歩き回った。ふつうの庶民に紛れ込んだ攘夷志士らを探索していた頃の緊張感がよみがえると共に、ひどく懐かしい心地も覚えた。

懐に携えた武具を手で触って確かめる。両刃の短刀と樫の木の短い棒。太刀や弓矢は要らないのかと問う河越小太郎に、忠司は要らぬと答えた。どちらも目立つし、短刀があれば、弓矢は作れぬこともない。また、自分は太刀を扱うより、短刀や棒を使って、相手の急所を突いて戦うのを得意としている。そう話すと、河越小太郎はこのような時でなければ、その技を見せてもらいたかったと残念そうに言った。

忠司が河原に到着してから、やがて夏の陽も陰ってきた。しばらくは水辺で涼もうというのか、二、三の人影が残っていたが、陽が沈んだ黄昏(たそがれ)の淡い光に紛れて、一台の牛車が現れた。

周囲を数人の武士が囲んでおり、その中には河越小太郎もいる。やがて、武士たちは河原にいる人々を追い払い始めた。

「退(の)け、立ち退けい」

武士たちから居丈高(いたけだか)に言われた庶民たちは、あたふたと散っていく。忠司もいったん立ち去るふりをしつつ、牛車が河原に止まった頃合いを見計らってそっと戻ってきた。牛車の後方に身を潜める。

「若君、どうぞお出ましを」

河越小太郎が言い、「若君、出てはなりませぬ」と叫ぶ女の甲高い声がする。切羽詰まったその声は、両者示し合わせた上での芝居とはとても思えなかった。

「今日も、父上と兄上のところへ行くのではないのか」

怪訝そうに問う副将の声が、車の陰に身を潜める忠司にははっきりと聞こえた。

「若君……」

女たちのむせび泣きがそれに続いた。泣きまねではなく、本当に泣いているようだ。いくら殺されないと分かっていても、副将と共にいられるのは今日限りなのだから無理もない。

河越小太郎も副将を強引に連れ出そうとはしないから、時は流れていった。やがて、こちらに向かう馬蹄の音が聞こえてきた。検死役の畠山重忠であろうと思いながら、そちらへ目を凝らすと、馬影は二つある。それぞれに轡を取る従者がいるが、やがて、馬から降りた人物の顔を見るなり、忠司は息を呑んだ。

一人は予定通り、畠山重忠である。だが、もう一人は惟宗三郎であった。

河越小太郎が二人を迎え、

「検死のお役目は畠山殿と聞いていましたが」

と、訝しげに問うた。河越小太郎にも予想外のことらしい。

「当初は私が一人で出向くはずだったのだが、もう一人付けた方がよいという声があって」

答える畠山重忠の声も困惑気味だ。

「ゆえに私が志願した。四の五の言っていた連中もそれで引き下がった」

と、惟宗三郎が言う。

すでに頼朝と義経の仲は滑らかなものではなくなっている。そこで、義経が頼朝の意向を無視して、虜囚を助けるのではないかと疑われたということか。あるいは、頼朝から命じられた義経のお目付け役がその場にいたのかもしれない。

惟宗三郎がもう一人の検死役を引き受けてくれたのはいいが、こうなると、彼を仲間に引き入れていなかったことが悔やまれる。

河越小太郎と畠山重忠の声の様子からすると、惟宗三郎に事情を打ち明け、力添えを頼むことはできなかったようだ。

「まだ役目を果たしていないのか」

惟宗三郎が河越小太郎に冷えた声で尋ねた。

「時を費やせば費やすほど、暗くなるぞ。松明（たいまつ）の用意もないようではないか。手もとが狂ったらどうするのだ」

惟宗三郎に畳みかけられ、「すぐに行います」と河越小太郎が苦渋に満ちた声で答えた。

もう限界である。

忠司は牛車の後方から簾をめくった。反対側の牛車前方に、河越小太郎が顔をのぞかせているのがぼんやりと見える。

「さあ、若君をこちらへ」

乳母と女房が悲鳴を上げた。そして、副将を後方へと押しやる。忠司は副将の体を抱え、「お静かになさってください」と小さくささやいた。

事前に車の中に用意してあった人形を、河越小太郎が引き出し、乳母たちがそうはさせまいと人形を引き寄せる。その騒ぎのうちに、忠司は副将を牛車から下ろした。そして、副将を背に負ぶさり、重忠や惟宗三郎と反対の方へ駆け出そうとする。まさにその瞬間、

「おい」

と、背後から声がかけられた。

惟宗三郎の声であった。走り出せば、怪しまれる。忠司は足を止め、振り返らずにじっとしていた。

「あれは、我々がここに到着した時、そこで倒れていた流浪の親子です。立ち去れと命じたのですが、何でも子供の具合がよくないとか申していまして」

事情を知る河越家の郎党が説明する声が聞こえた。その時、

「お覚悟召されよ」

首切り役の男の声が河原に響き渡った。惟宗三郎の気を引こうとしたのだ。

しかし、惟宗三郎の目はきっと自分の背中に当てられたままだ。振り返ったわけでもないのに、忠司にはそのことが分かった。

「さようか。ならば捨て置け」

やがて、つまらなそうに言い捨てる惟宗三郎の声が聞こえた。

忠司は呪縛が解けたように走り出した。

(俺たちを見逃してくれたのか)

あまりの緊張からか、少し走っただけで息苦しくなった。

追手がかかった気配はない。忠司は少し速度を落とし、息を整えながら走り続けた。

(惟宗三郎殿は俺だということに気づいていたはずだ)

自分はあの男のことを誤解していたのではないか。

もっと心を開いて語り合っておくのだった。惜しいことをしたという思いがその時、忠司の胸を貫いていった。

四

検死役となった惟宗三郎が見逃してくれたのであれば、追手がかかることはまずあり得ない。亡骸に見立てた人形がうまく川に流され、そのことを惟宗三郎が証言してくれれば、探索も形ばかりのものとなろう。何といっても、義経の一行は明日、京を発ってしまうのだから。

（結果として、俺たちは惟宗三郎殿に――あの男が頼朝の子息であることに救われたのだな）

忠司は副将を負ったまま、歩み続けながら、改めてそのことに思いをいたした。六条河原を離れてからは、走るのは避け、小路をひたすら南へ進んだ。七条、八条、九条を抜けて、洛外へ出れば、とりあえず何とかなる。追手の心配がないのであれば、寺の僧坊に泊めてもらえるかもしれないし、そうでなくとも、本堂の軒先を借りられれば十分だ。

もっとも、それは忠司に関してのことであり、副将もそうとは限らない。副将は牛車から脱け出して以来、一言も口を利かないが、眠ったわけでないことは、背に伝わってくる少年の緊張した体つきで分かる。

九条を抜けて人家も減り、人気(ひとけ)もないことを確かめてから、忠司は足を止めた。

「話してよいのか」

副将が小声で訊いてきた。

「はい。ここならば平気でしょう」

「ならば、私を下ろせ。一人で歩ける」

忠司は言われた通り、副将を背から下ろした。地面に下り立った少年と、忠司は跪(ひざまず)いた姿勢のまま正面から向き合う。もっと脅えているかと思いきや、副将は案外落ち着いていた。

「そなたの顔は見知っているが、ようは知らぬ」

副将の言い分はもっともだった。忠司が名乗ろうとすると、

「私は前内大臣平宗盛が子、副将だ。そなたも名乗れ」

副将が先に名乗った。

「はい。私は松原忠司と申す武士。わけあって、河越小太郎殿の世話になってお

りました」

「そうか。私は何と呼べばよい」

「忠司、と呼んでいただければ」

「では、忠司。私はもう父上にも兄上にも、乳母たちにも会えないのだな」

初めて副将の声が震えた。そのことがずっと気にかかっていたのだろう。だが、答えもすでに察している。この少年はとても聡明で我慢強い。

「おっしゃる通りです。これから、若君は遠い土地へ赴かねばなりません。この忠司がお供いたします」

「そこは、母上のおられるところか」

「いいえ」

忠司はきっぱり告げた。

「そこへはいずれ赴くことになりましょうが、まだずっと先でございます」

「だが、父上や兄上は間もなく行かれるのであろう?」

この少年は、父や兄の運命を分かっている。まだ受け容れることはできていないが、そうしようと努めているのだ。その心意気を見せられて、嘘でごまかすような子供扱いはするべきではない。

「確かなことは分かりませんが、若君がおっしゃる通りだと、私も考えます」

「……そうか」

副将は目を伏せ、自分に言い聞かせるように言った。

小さな肩が震えているのが星明かりでも分かった。このいじらしい少年を抱き締め、慰めてやれたらいいと思う。だが、自らを「前内大臣の子」と言う少年の誇りを傷つけることになりかねない。副将自身が求めてくるまで、余計なことはするまいと、忠司は己を戒めた。

やがて、副将は落ち着きを取り戻すと、静かに顔を上げた。

泣いた気配は見られなかった。父と兄との再会を果たし、泣き腫らした目で帰ってきたのは昨日のことだというのに、今日はもう泣いてはならないことを弁（わきま）えている。

「では、参ろう」

副将は言った。

「はい。これからは目指す土地へ至るまで、旅をしなければなりません。寺社に寝泊まりさせてもらえればよいですが、見つからない時もあるでしょう。さような時には……」

「草枕で休むのであろう」

さすがに風流なことを言う。旅寝の本当のつらさを分かっているとは思えないが、それを今言うこともないと思い、忠司は黙ってうなずいた。

「私は、屋根のないところで夜を明かしたことがある」

と、不意に副将は遠くを見るような目をして言い出した。

「何日も船から降りなかったこともある」

それだって、つらい経験だったはずだ。

「さようでございましたな」

この少年は一ノ谷、屋島、壇ノ浦の戦いを経てきたのだと、忠司は改めてその過酷な日々に思いを馳せた。

「父上も乳母も、私を軟な子供と思っていた。我が身を犠牲にして、私を守ろうとした。先ほどもそうなのだろう」

副将が忠司に目を戻して言った時、その瞳は寂しそうに揺れていた。

「だが、私は父上や乳母が思うほど軟ではない」

「ですが、若君はそのことを父君や乳母殿にはおっしゃらなかったのですな」

「……」

「それを言えば、父君たちの思いやりを無下にすることになるからですか。若君はお優しい方ですな」

「そういうわけでもない。そう扱われることが嬉しい時もあったのだ」

少し拗ねたような物言いをする少年に、忠司は顔を綻ばせた。副将は慌てて言葉を継いだ。

「だが、そなたにはそうしてもらいたくない。私は歩ける時は自分の足で歩くし、屋根のない休息に文句を言ったりはしない」

「そう言っていただけると助かります」

忠司は心から言い、立ち上がった。

手を差し出すと、少年はいくらか躊躇った後、手をつないできた。忠司は小さな手を握り締める。副将の手は柔らかく、力の加減が難しかった。

だが、賢く強く、優しいこの少年を何とかして守りたい。

初めはただ、幼い命が奪われることを放置できなかっただけだが、今はこの副将という少年を守りたいと思う。忠司はその思いを胸に刻み、星空の下、ゆっくりと歩き出した。

四章　菅谷館の姫君

一

京の近くは寺社も多く、公家の子弟が入室した大寺院もある。平家一門とゆかりのある僧侶などもいないわけではない。副将を見て、もしやと疑念を抱く者もいたかもしれないが、たいていは何も訊かずに宿を貸してくれた。

とはいえ、一か所に長居は禁物である。もっと休んでいくようにと言ってくれる寺社もあったが、忠司は一泊以上はせず、翌朝の明け方には発つことにしていた。

まだ夜も明けぬうちから、副将を起こさねばならぬのは心苦しかったが、仕方がない。副将も眠そうな目をこすってはいたが、不平を口にすることはなかった。

忠司はいったん南下して宇治へ出た後、進路を北東へ採って、近江へ出るつもりであった。琵琶湖の東岸を進みながら、様子をうかがい、北陸道に出るか中山道を行くかを決める。どちらの道を行くにせよ、旅の道順は畠山重忠から教えてもらっていた。

旅の始まりは順調な方であった。

泊めてくれる寺社も見つかりやすく、食べ物も分けてもらえた。天候にも恵まれた。

(だが、いつまでも調子よく進めるはずがない)

忠司のそんな予感が当たったのは、旅を始めて五日目の晩のこと。

すでに近江国へ入り、琵琶湖も見える場所まで来ていた。かつては都も置かれていた土地で、人家もあるが、京から離れるにつれ、寺社は見つかりにくくなる。

「今夜は露天でお休みいただくことになるかもしれませぬ」

「大事ない」

と、副将は不安げな様子も見せずに答えた。

初めて小三井寺で会った時には、ずいぶん色白に見えたものだが、ここ数日の外歩きを経て、陽に焼けてきている。心なしか顔つきも精悍そうになってきた。

やがて、陽も暮れかけた頃、忠司は休める場所を探しつつ慎重に進んでいったのだが、

「忠司、あれを見よ」

と、副将が指さしたのを見ると、小さな祠である。中にはご神体か素朴な仏像が祀られているのだろうが、二人が入れるほどの大きさではない。だが、副将一人ならば入れぬこともないだろう。

「では、あの中にお邪魔して休ませていただきますか」

忠司が言うと、副将は首を横に振った。

「忠司は外で休む気であろう。ならば、私も外でよい」

きっぱりと言う副将の思いを汲み、忠司はうなずいた。祠の前で休ませてもらえばいい。万が一、悪党や獣に襲われた時でも、副将をその中に隠せば、自分は祠を背に戦うことができる。

最悪の事態に備えて考えていたこの対策は、夜になって間もなく、功を奏することになった。

夜道を照らす松明の火が近付いてくるのに気づき、忠司は副将を叩き起こした。

「……何だ、忠司」

寝ぼけ眼だった副将だが、

「人が来ます。すぐに祠の中へ」

忠司の低い声と松明の火に、目がすっかり覚めたようであった。副将が祠に姿を隠してから、忠司は何げない様子で、祠の前で胡坐をかいた。短刀と棒を取り出し、帯に差して備えておく。

やがて、現れたのは男四人。追いはぎでもしていそうな輩であった。

「おたく、旅の人だね」

中の一人がにやにや笑いながら声をかけてくる。

「そうだが、金目のものは持っていない」

「そんなことはないだろ」

別の男が言った。

「餓鬼はそん中か」

どうして気づかれたのか。こちらは火は焚いていない。副将が祠に身を隠すところを見られていたとも思えないというのに。

「おたくらを昼間見かけたんでね。餓鬼はあんたの子じゃねえだろ。わけありの御曹司ってところか」

「そのわけについちゃ、こちとらにも分かってるんだ。今、追手がかけられてるのは平家御一門の若君だからな」

「そこを退いてくれりゃ、それでいい。おたくに手は出さねえよ」

「俺がそうすると思うのか」

忠司は男たちに油断なく目を配りつつ、ゆっくりと立ち上がった。

「おたくが平家の落ち武者でも、たった一人で何ができる」

男たち三人が一斉にとびかかってきた。一人は太刀、残る二人は脇差ほどの刀を持っている。

忠司は身を低くして刀を避けつつ、体をひねって、男を横から平手で突き飛ばした。副将の隠れる祠を刀で突かせるわけにはいかない。忠司に突き飛ばされた男は仲間に当たり、三人はほぼ同時に吹っ飛んだ。

「よくも」

最も早く起き上がった脇差持ちの男が再び切りかかってくる。忠司は棒を構え、刃が届くより先に、男の手首を上から打ち下ろした。

「うわあっ！」

男が刀を取り落とし、悲鳴を上げる。

その時にはもう、忠司は太刀持ちの男に向かっていた。ようやく起き上がった男が太刀を構えるより先に、その太腿を蹴り上げる。続けざま、もう一人の脇差持ちの刀を棒で弾きつつ、そのみぞおちに拳を叩きつけた。

男たちの怒号とうなり声が折り重なる。もはや三人は戦えぬ状態に追い込まれており、松明を持った男だけが無事であったが、忠司がじろりと目を向けると、

「ひいっ」と悲鳴を上げた。

「とっとと立ち去れ」

忠司は腹の底から声を出した。

松明を持つ男が倒れた仲間を助け起こし、悪党たちはよろめきながら来た道を戻っていった。

その姿が遠のくのを見届け、松明の火も見えなくなってから、忠司はようやく大きな息を吐き出すと、手にした棒をしまい、その場に尻をつけて座り込んだ。

「忠司っ」

祠の中から副将が飛び出してくる。忠司は腰を上げようとしたが、そうするより早く正面から飛びつかれた。

「若君……」

よほど怖かったのか。平家の都落ちの後は、逃亡も戦場も経験してきた副将だが、あの類の悪党に接したのは初めての経験だったのだろう。

忠司は副将の背に手を当てた。小刻みに震えるその背中は温かく、生の実感を忠司に伝えてくれる。

「祠の中におわすのは地蔵菩薩であった。だから、私は母上が必ず忠司を助けてくださると信じていた」

副将は忠司の胸から顔を上げずに呟いた。

「若君のお母上は、地蔵菩薩を信心しておられたのでしたな」

忠司は副将の背をそっと撫で(な)ながら言った。

そうするうち、副将は落ち着きを取り戻したようであった。やがて、忠司の胸から顔を上げると、少しはにかむような表情を見せ、忠司から離れた。

「忠司は強いのだな。敵は三、四人はいただろうに」

副将は忠司の帯に差した短刀と棒に目をやりながら、

「それだけで戦ったのか」

と、尋ねた。

「使ったのは棒だけでございますが」

　それから、副将は敵がどんな武器を持っていたのか尋ね、忠司はありのままに答えた。

「刀を持っている相手を、刀を使わずにそなたはやっつけたのだな。どうすれば、そんなに強くなれるのだ」

　それは、柔術を極めたからだが、その言葉を告げても通じはしないだろう。しかし、副将には正直に話したいという気持ちが忠司の心に芽生えていた。

「私はとある武芸をたしなんでおります。短刀や棒を使う術もあるのですが、そうしたものを持たずとも戦える術もあります。お聞きになったことはないと思いますが、『柔術』と申します」

「素手で戦うというのだな。馬上の一騎打ちで決着がつかぬ時、組み討ちとなるのは知っているが、それに近い作法か」

　副将が首をかしげつつ、さらに問いかけてくる。この時代、武将の戦いは一騎打ちだったのだと忠司は思い出した。組み討ちとは、取っ組み合って、相手の首を取ることだったはずだ。

「そうですね。首を取ることではなく、相手が戦えぬようにすることを目指したものですが」

相手の命を奪うことではなく、自分の身を守るための武術でもあると、忠司は告げた。

副将はしばらく考え込む様子で沈黙していたが、ややあって忠司にまっすぐな目を向けると、

「私も忠司のように強くなれるだろうか」

と、真剣に問いかけてきた。

「もちろん、鍛錬を続ければ、強くなれない道理はありません」

「では、私に忠司の柔術とやらを教えてくれるか」

「かしこまりました」

忠司は迷わず答えた。

副将が少しでも型を覚え、相手の隙(すき)を突いて身を守れるようになれば、それに越したことはない。とはいえ、わずか八つの副将が大人の男を相手に、隙を突くのは難しいだろう。それでも、副将に柔術を教えようと思うのは、ただ単にこの少年を弟子にしたいと思ったからであった。

「私は強くなりたいのじゃ」

声を振り絞るようにして、副将は言った。

「きっと強くなれます」

「私の名が副将というのは、大将軍を務める兄上を副将として補佐せよという意をこめて、父上がつけてくださったものじゃ」

と、副将は問わず語りにしゃべり出した。

「そのお話は、河越小太郎殿からもお聞きいたしました」

「兄上がおられなくとも、私は副将軍になれるだろうか」

その声がいつになく心細そうに聞こえ、

「副将軍ではなく、大将軍となればよろしいでしょう」

忠司は励ますように力強い声で告げた。

「いや、私は副将軍でよい」

副将は柔らかな微笑を湛(たた)えて首を横に振る。

「そなたが兄上に代わって大将軍になってくれ。私はその軍の副将になりたい」

その言葉に異を唱えることなど、忠司にはできなかった。

「かしこまりました、若君」

忠司は腰を上げて片膝を立てると、静かに頭を下げた。

二

その後、悪党どもに絡まれたり、山中で猪や蛇に出くわしたりといった災難に見舞われつつも、忠司と副将の旅は滞りなく続けられた。距離の短い中山道を進み、信濃(しなの)国を越えて武蔵国へと入る道筋を行く。

やがて、六月が終わり、暦が七月に入って間もなく、忠司と副将は武蔵国の畠山荘に到着した。

武蔵国に入ってからは難にも遭わず、一日で菅谷館を目にすることができた。

「ここが目指していた館にございます」

忠司はさすがに感慨を覚え、語尾がわずかに震えた。

「うむ」

緊張気味にうなずく副将も感無量の様子である。

「では、参りましょう」

菅谷館の門へ進み、忠司は「お頼み申す」と声を張り上げた。分厚い門は閉ざされており、門番のような者は見当たらない。

しばらく声をかけ続けていると、ようやく人が現れ、門が少し開けられた。

「畠山庄司次郎殿より妹姫への文を預かってまいった松原と申す。まずは、この文を妹姫にお渡し願いたい」

現れた若い武者に、忠司は畠山重忠から預かってきた文を渡した。

「しばし、この場にてお待ちを」

若い武者が文を持ち去ってから、しばらくすると、同じ武者が駆け戻ってきて、

「お待たせして申し訳ない」

と、丁重な態度で頭を下げた。

「姫さまより失礼なきようお迎えせよと申しつかりました。ご案内いたします」

と言う若武者に導かれ、忠司と副将は門をくぐって、敷地の中を進んだ。

「ずいぶんと広いのだな」

副将が辺りを見回しながら、小声で呟く。

都と違って、広々とした土地があるため、支配者の館は大きなものとなるのだろう。

「菅谷館の中には、馬場もございますので」

と、先を行く若武者が教えてくれた。

「それは、豪勢だな」

馬場を見ることはできなかったが、敷地の中には丘がいくつもあり、中には木が密生した林も見える。そうした景色を通り過ぎ、やがて主人一家が暮らすらしい居館に到着した。

京で目にした公家邸のように雅(みやび)な風情はないが、がっしりとした剛健な佇(たたず)まいである。

「こちらから中へ」

戸口へ案内されたが、土ぼこりにまみれた足で中へ上がるわけにはいかない。どうしたものかと思っていたら、使用人の女が水盥(みずたらい)を用意して待っていた。

「若君のお世話を頼む」

忠司は女の介添えを断り、自ら足袋(たび)を脱いで、足を洗った。

顔や手足も洗い、少しさっぱりしたところで、中へ通される。

「それでは、姫さまのもとへご案内つかまつります」

館の中に上がると、案内役は女が務めた。居館も広く、ずいぶんと長い廊下を何度か折れ曲がって奥へと進み、母屋(おもや)と思われる場所へ達した。

「姫さま、お客人をお連れいたしました」

案内役の女が告げ、戸を開けて忠司と副将に入るよう目配せする。

忠司は先に戸をくぐった。

母屋の奥に、南に向かって座る姫君の姿がある。紅や黄の鮮やかな衣の色合いがまず目に入ってきた。まるで紅葉を身にまとっているようだ。

忠司は姫と二間ほどの距離を置いた場所で足を止め、その場に座った。副将は忠司にぴたりと身を寄せ、その隣に座る。

「松原忠司にござる。京では畠山殿にお世話になり申した」

頭を下げて挨拶してから、顔を上げる。失礼にならぬよう何げなく姫の顔に目をやった瞬間、忠司の全身に衝撃が走った。

「おるい……殿？」

目の前にいたのは、姿こそ違えど、おるいにそっくりの娘であった。

（まさか、そんなはずはない。おるい殿がここにいるはずが……）

忠司は混乱しながらも、己に言い聞かせた。

（そうだ。この人がおるい殿のはずがないのだ）

髪形や衣装が違うのは当然だが、よく見れば、年齢も少し若い。目の前の姫はおそらくまだ十代だろう。おるいは二十代も半ば以上だったはずで、おるい本人でないのは明らかだった。

(だが、俺自身、弁慶殿によく似ている)

義経が見間違えるほど似ていたのだ。自分が弁慶に引き寄せられてこの時代にやって来たのであれば、おるいがこの姫のそばに引き寄せられたということはないだろうか。

そう考え始めると、忠司はその思いつきに心を奪われてしまった。

「私は畠山重忠が妹、貞と申します。今、何かおっしゃいましたか」

貞と名乗った姫が不思議そうな目を向けてくる。傍らの副将も不安げな眼差しで、忠司を見上げていた。

「あ、いや。よく知る人に少し似ておられたので」

忠司はしどろもどろになりつつ言い訳した。

「そうでしたか」

貞は大して気にも留めぬ様子で、穏やかな表情を浮かべている。忠司は思い切って尋ねてみることにした。

「あの、ごく最近、姫君と似たお人を御覧になったということはありませぬか」

「私と似た人……ですか。その人は、今おっしゃったお知り合いの方のことですよね」

忠司の唐突な問いかけは、やはり貞を混乱させたようであった。忠司の知り合いなら、忠司の故郷や京にいるのではないか、と思ったのだろう。

「実は、その知り合いとは長らく会っておらず、所在も不明です。それゆえ、つい先走ってお尋ねしてしまったのですが、よく考えれば、姫君のおそばにいるなどあり得ませぬ。お騒がせして申し訳ない」

忠司は頭を懸命に働かせて、何とか取り繕おうと試みた。

「いえ、その方は松原さまにとって大切な方なのですね。ですが、私に似た人にこれまでお会いしたことはありませんし、そういう話を聞いたこともありませんん」

貞は申し訳なさそうに言った。幸い、忠司の話をそれ以上深く知ろうとは思わぬらしい。

忠司は気を取り直すと、余計な話をしたことを謝り、

「こちらの若君のことは、ご存じでいらっしゃるでしょうか」

と、副将のことを貞に尋ねた。

「はい。ご事情はすべて分かっているつもりです」

貞は副将に目を向け、深くうなずきながら言った。

「副将じゃ。世話になる」

副将は堂々たる態度で挨拶した。卑屈なところを少しも見せないのは、その身分ゆえのものだろう。この旅を経て、副将は以前よりずっとたくましくなった。

「ここは都から遠く、若君の素性に思いをいたす者はおりませぬ。気兼ねなくお過ごしいただけると存じます」

貞は、副将のかつての身分に応じた丁重な物言いをした。

「されど、兄が帰館すれば、都の事情に通じた武者もおります。要らぬ心配をしないですむよう、若君の仮の名を決めておいた方がよいのではないでしょうか。もちろん、ふだん『若君』とお呼びすることはいっこうにかまわないのですが」

貞の申し出はもっともだった。

「いかがでしょう、若君。名を替えるのはめずらしいことでもありませんし、用心に越したことはありません」

忠司が持ち掛けると、

「父上が付けてくださった名を捨てるのか」

副将はわずかに躊躇の色を見せた。

「その名は、若君だけの大事な宝として胸に収めてください。捨てるのではなく、他人にむやみに呼ばせぬようにする、とお考えになればよいのです」

「なるほど、確かにそうじゃ」

副将は納得のいった表情を見せた。

「しかし、新しい名は何とすればよい」

忠司は首をひねった。

「仮のものとはいえ、若君がお名乗りになる機会も出てくると思いますので、ゆかりのある名となさるのがよいと存じます」

貞の言葉に、忠司はうなずいた。

「忠司が付けてくれ」

副将は忠司にすべてを託す考えであると見える。

本来ならば、父や祖父の幼名をそのまま用いるとか、一字をもらうということが考えられるが、副将の素性を隠すための改名だからそれはできない。

といって、副将にゆかりのある何かで、素性の知られないものとなると……。

忠司の脳裡に、副将と初めて会った小三井寺でのことが思い出された。寺の縁起がそっくりだったことからして、おそらくあの寺は後に壬生寺となる。建っている場所が違っていたが、それは後に移されたということだろう。ならば――。

「若君のお母上は小三井寺の地蔵尊を信心しておられたとのこと。あの辺りは壬生とも呼ばれていたと存じますが、ご承知でしょうか」

「うむ。あの辺りの土はぬかるみで、そう呼ばれると聞いたことがある」

副将はすぐにうなずいた。

「そこから、『壬生』君とお名乗りになるのはいかがでしょう」

「壬生か」

副将は、亡き母と縁のある地名によい印象を持ったらしい。忠司としても、新選組にゆかりの地名を、副将が名乗ってくれるのは嬉しいことであった。第一、うっかり忘れてしまうということが絶対にない。

「私はそれでかまわぬ」

副将は明るい表情で告げた。

「では、そういたしましょう」

忠司も笑顔になった。

その後、忠司は副将の家臣で、副将は畠山重忠が京で世話になった武家の息子ということとし、三人で確かめ合った。

「この萱谷館の中であれば、どこへ出入りしてくださってもかまいません。好きなようにお過ごしください」

貞はおおらかな表情で勧めてくれた。

「馬場があると聞きましたが、まことですか」

「はい。馬も養っておりますゆえ、世話係の者と相談の上、お乗りになってくださってもかまいません」

貞の言葉に、副将が顔を輝かせた。

「馬を貸してもらえるのか」

「はい。若君はお馬に乗ることがおできになるのですか」

貞から訊かれ、副将は少しはにかんだ表情になる。

「いや、大人に乗せてもらったことがあるだけで、一人では乗れぬ」

「では、松原殿に教えていただけばよろしいでしょう」

「そうか」

副将は勢いよく忠司に目を向け、歯を見せて笑った。

「忠司は柔術の師匠だが、馬術の師匠にもなってくれるのだな」

「柔術ほど巧みではありませんが」

少年の笑顔には逆らいきれず、忠司はうなずく。

「柔術……？」

貞が不思議そうに呟いたが、それが何かとは尋ねてこなかった。それよりも、副将と忠司の笑顔を見ていることが嬉しいという様子で、自らもにこにこと微笑んでいる。

そういえば、おるいがこんなふうににこやかにしているのを見たことはなかったと、忠司はふと思い出した。自分がそばにいながら、どうしておるいを笑わせてやれなかったのだろう。それを思うと、胸が締め付けられるように苦しくなった。

三

忠司と副将の菅谷館での暮らしは順調に過ぎていった。

旅の間も、忠司は副将に柔術の稽古をつけていたが、ここへ来て、副将はますます熱心に稽古している。また、馬に乗ることも楽しくてならないらしく、初めは忠司が一緒に乗りながら手ほどきしていたが、近頃は菅谷館の武者から直に教えてもらっていた。

「坂東の武士はさすがに皆、騎馬が巧みじゃ」

副将は感心した様子で漏らしていた。畠山家の家臣たちも、副将を主人にゆかりの武家の子と見て、丁重に扱いつつ、親しみを持って接している。

そんなふうに過ごしているうち、やがて七月も終わりに差しかかった頃、

「兄は今、鎌倉にいるのですが、もう間もなくこちらへ参るそうです」

と、忠司は貞から聞かされた。

忠司と副将が京を出たすぐ後、義経は副将の父、平宗盛らを伴って鎌倉へ発つ予定であった。重忠と惟宗三郎は、義経に従って鎌倉へ向かうことになっていた。忠司が知るのはそこまでだが、その先のくわしいことが今回重忠から届けられた文に書かれていたという。

「判官殿はあれほどの手柄を挙げたにもかかわらず、鎌倉殿のご勘気は解けず、腰越で足止めされたそうです」

「ああ、腰越状を書かれたのですな」

忠司がうなずくと、貞は不思議そうな表情を浮かべた。

「判官殿が腰越で、お許しを願う書状をしたためたことをご存じだったのですか」

「あ、いや。そのう、鎌倉殿への書状を書くと、判官殿から京で聞いたような……。腰越で書かれたのなら、腰越状というのかと――」

忠司は懸命にごまかした。義経が腰越状を書いたことを、ここ武蔵国で知る術はない。鎌倉方面からやって来た者から聞くのでもない限り。

「それで、その書状で鎌倉殿のお許しは出たのでしょうか」

出ていないことは知っていたが、知らぬふりをして忠司は尋ねた。

「それが、まったく取り上げてもらえなかったそうなのです」

貞は小さく溜息を吐いて答えた。

「判官殿は腰越から京へ帰るよう、ご命令を受けたそうです。鎌倉殿のお怒りはごもっともなのでしょうが、判官殿も懸命に謝っていらっしゃるのでしょうから、お気の毒ですわ」

その物言いが義経を哀れむふうだったので、

「姫君は判官殿のお味方なのですか」

と、忠司は訊いてみた。

「いえ、味方というわけでは」

貞は困惑気味に「そもそもお会いしたこともありませんし」と付け加えた。

「ただ、お気の毒だとは思います。それに、郷殿のことを思うと……」

「郷殿とは……」

「判官殿の北の方です。河越殿の姫君で、我が家とは同じ秩父平氏ですから、お付き合いもありましたし」

と、貞は再び溜息を漏らした。

「河越殿といえば、小太郎殿と京でお会いしましたが」

「はい。郷殿は小太郎殿の姉君ですわ」

河越小太郎から聞いていたのと同じ話である。ならば、その郷という女人が重忠の想い人なのだろうと、忠司は思いを馳せた。そういう間柄であれば、貞が義経の味方をする気持ちも分からなくない。

(だが、判官殿はやがて奥州で死ぬ。あちらへ行って、すぐのことではなかったと思うが……。それに、奥方も一緒に亡くなるのではなかったか)

細かいことは分からないが、義経の未来はおおよそ分かる。それを知りながら見過ごしてよいのかという、京では答えの出せなかった問いかけが、今さらながらよみがえってきた。

副将のことはひとまず落ち着いたのだし、この先は義経を助けるために手を差し伸べたり、何らかの助言をしたりするべきなのか。

たとえば、奥州へ身を寄せなければ、義経に助かる道が開けぬのなら、その手伝いをしたいとは思う。だが、それで義経が助かってしまったら、後の世の「判官贔屓」はどうなるのだろう。ふとそんなことが頭をよぎっていった。

「松原さま……？」

貞に声をかけられ、忠司は我に返った。

「では、判官殿は腰越から京へお戻りになり、畠山殿は鎌倉に残られたのですな」

話を元に戻して問うと、貞はうなずいた。

「はい。兄は鎌倉での御用が済んだら、武蔵国へ参るとのこと。それまで、松原さまと若君のことをよろしくと、文にしたためられてありました。それで、あの、若君のお父上たちのことも記されていたのですが……」

貞は言いにくそうに言葉を濁す。

副将の父たちのこととは、平家の捕虜のことだ。副将の父の平宗盛と兄の清宗はどうなったのだろう。

（いや、俺はそのことを知っている。はっきりと記憶しているわけではないが、確か、平家の捕虜は大方首を刎ねられたはずだ）

だが、この時は無言を通した。貞は沈んだ表情で先を続ける。

「平家の内府殿とご子息は斬首せよ、とのご命令が判官殿に下されたそうです。判官殿は都へ入る前に、お二方の首を刎ねられたとのこと」

「……そうでしたか」

忠司も暗い声で応じる。

「このことは、若君にはお知らせしたくありませんね」

貞の訴えかけるような眼差しに、忠司はうなずいた。

「いずれお知りになる時は来るでしょうが、もっと先でもよいでしょう。若君が成長し、道理を知る齢（よわい）になられてからでも」

「私もそう思います。大勢の身内が亡くなるのを御覧になって、まだ半年も経たないのですし」

壇ノ浦の合戦を経験した副将の心を思いやって、貞が呟く。

忠司もその通りだと思った。あの合戦で主だった武将はほとんど討たれるか、入水を遂げたはずだ。その傷が癒えもしないうちに、父と兄の死を聞かせるのは酷である。都を出た時、副将はもう二度と父や兄には会えないと覚悟していたけれども。

「このことは、私たちの間でも口にするのはなしにいたしましょう」

貞の言葉に、忠司は深々とうなずいた。

「そういえば、若君は今、どちらにおられるのでしょう」

貞がふと不安げな眼差しになって問う。

「朝方、馬場へ行くと聞きましたから、きっと今頃は馬に乗っておられるのでしょう」

と、忠司は答えた。貞はほっと安堵した様子で、うなずいた。

「それでは、兄への返事をしたためようと思いますが、松原さまはお伝えすることがございますか」

別に文をしたためてもらっても構わないし、自分が代わりに書き添えてもいいという。ならば、萱谷館で世話になっている礼を添えてくれと頼み、忠司は貞のもとを去った。

忠司が一大事の報に接したのは、それから一刻ほど後のことである。

副将が馬から振り落とされるという事故が起きたのであった。

四

副将の容態を診た医師は、打ち身についてはさほど心配するには及ばないが、頭を打っており、そのせいで意識のない状態が続いていると述べた。この後、目覚めるかどうかは分からないという。また、目覚めたとしても、何らかの障りが出る恐れもあるということであった。

その後、副将に乗馬の手ほどきをしていた侍や、馬の世話係に話を聞いたが、いずれも今日は副将の姿を見ておらず、おそらく目を盗んで勝手に馬に乗ったのだろうという。

副将の背丈では、自力で馬の背にまたがることさえできないはずである。そもそも、どうやって馬小屋から馬を引き出したのか。

「若君が乗っていたのは子馬でした。鞍もつけてなかったですし、まだ人を乗せることに慣れてもいない子馬ですんで、うまく乗りこなせるはずがないんです」

馬の世話係は困惑気味に言った。

「そういう子馬に乗るのが危ないということを、若君に教えていなかったのですか」

貞が手ほどきをしていた侍に問うと、「とんでもないことでございます」と侍は言った。

「どんな馬であれ、私どもが一緒でなければ、そばに近付いてはいけませんとお教えしておりました。若君はこれまで大変素直に、私どものの言いつけを守ってくださいましたのに、どうして今日に限ってこのような……」

侍も世話係も、もっとしっかり見張っていればよかったと、口をそろえて謝罪した。

だが、彼らは副将がなぜ今日に限って無謀な行いをしたのか、まったく見当もついていないだろう。

忠司にはその見当がついていた。

(おそらく、あの時、若君は姫君と俺の話を聞いておられたのだ)

確信はないが、それしか考えられない。

あの時、貞が副将はどこにいるのかと尋ねた時、馬場にいるだろうと思い込みを口にしただけで、どうして不安を抱かなかったのか。もしかしたら、戸の外に誰かいやしないかと、どうして確かめなかったのだろう。貞はそのことを不安に思って、自分に副将の居場所を尋ねたのだろうに。

忠司は先ほど貞と共に話をしていた部屋へ足を向けていた。今さら真相が分かったところで、どうしようもないことは嫌になるくらい分かっているが。

部屋の戸は、妻戸と呼ばれる両開きのつくりであった。副将がこの近くにいて、話を聞いてしまったのだろうか。

忠司は戸の近くの暗がりに、何かが落ちていることに気づいた。屈んで手に取ると、白い絹で作られた小さな守り袋であることが分かった。副将がずっとそれを懐に入れて、大事に持ち歩いていたことを、都からの道中を共にしてきた忠司は知っていた。

京で生き別れになる前の日の晩、乳母が渡してくれたと言っていたはずだ。覚悟していたにせよ、父と兄が死んだと耳にして動じた副将が、ここで乳母から渡された守り袋をぎゅっと握り締めながら、声を立てずに震えている姿が思い浮かび、忠司はやりきれなくなった。己の頭を力任せに拳で叩きつける。

忠司は守り袋を手に、副将が休んでいる部屋へ向かった。医師はすでに下がっており、貞と世話役の女房が付き添っていた。

忠司と目が合った貞は、首を横に振ってみせる。副将はまだ目を覚ましていないということだ。

「先ほどの局(つぼね)の戸の近くに、これが……。若君のものです」

忠司は守り袋を差し出して告げた。

貞ははっと息を呑んだ。それから守り袋を受け取ると、目を閉じ、しばらく何かを祈るようにじっとしていた。ややあって目を開けた貞は守り袋を副将の枕元に置くと、女房にあとを頼むと告げて立ち上がった。

忠司も貞に続いて、その場を去った。

「若君のお母上がご信仰になっていたのは、地蔵尊ということで間違いなかったでしょうか」

部屋の外の廊を少し進んだ後で、貞は不意に尋ねてきた。

「え、ああ。京の壬生にある小三井寺の地蔵尊とお聞きしています」

「そうですか。地蔵尊は子供を守ってくださる菩薩さま。京のお寺までお参りに行くことはできませんが、この近くにも皆がお参りする石づくりのお地蔵さまが安置されています」

そこへお参りしに行こうと思うのだが、同行してもらえないかと言われ、忠司は一も二もなく承知した。今となっては、神仏に祈願するしかない。

徒歩で往復しても四半刻(しはんとき)(三十分)もかからないところだというが、貞には馬に乗るよう勧め、その轡(くつわ)を忠司が取ることにした。

菅谷館の門を出ると、道はまっすぐ延びており、地蔵尊は二つ目の辻のところに安置されているという。

副将は助かるのだろうか。馬を牽(ひ)いて歩みながら、忠司は思いめぐらさずにいられなかった。

副将が無茶な馬の乗り方をしたのも、それで怪我を負ったのも、父や兄の死を聞かれてしまった不注意のせいであろう。大勢の人の力を借りて何とか救い出した副将の命を、自分の不注意のせいで失わせるわけにはいかない。それでは、義経や河越小太郎、畠山重忠に申し訳が立たないし、おそらく事情を知りつつ見逃してくれた惟宗三郎の思いやりをも無にすることになる。

いや、それよりも何よりも——。

(旅の途中、俺に縋(すが)り付いてきた若君の震える背中を、俺の手ははっきりと覚えている)

小さくて温かい背中、脅えと安堵に震えていた小さな体。

（あの時、俺は若君を何としても守り抜こうと思ったのだ）

あの背中が動かず、冷たくなることなど考えられない。

（どうか、若君を助けてくれ）

地蔵尊の前に到着する前から、忠司は心の中で祈り続けた。

やがて一つ目の辻を通り過ぎ、そこから一町ほど進むと、二つ目の辻に行き合った。ここの辻は六つの道が行き合っている。

その一本の道の端に、石の地蔵尊が立っていた。前には野菊が供えられ、頭には笠がかけられている。

京の小三井寺で拝した縄目地蔵に比べれば、何とも素朴で粗削りなお顔であった。だが、くっきりとした輪郭でないというのに、優しさと慈しみが滲み出ている。

貞は忠司の手を借りて馬から下りると、菅谷館から摘んできた桔梗の花を地蔵尊にお供えした。

貞が手を合わせるのを見て、忠司もその後ろで両手を合わせた。

（地蔵菩薩さま、それに壬生寺の地蔵菩薩さまと若君のお母上よ。どうか、若君が無事に目を覚ますよう、お力をお貸しくだされ）

忠司が祈りを捧げて目を開けた時、貞はまだ祈り続けていた。忠司は静かに貞の祈りが終わるのを待った。

「ご一緒してくださり、ありがとうございました。あのまま、若君のおそばにいるだけで何もできないでいることに、耐えきれそうになかったものですから」

貞は丁寧に礼を述べる。

憂いを帯びたその表情が、かつてよく目にした女の表情と重なって見えた。貞はおるいと姉妹のようによく似ている。だが、その若々しさやおおらかさはおるいにはなかったもので、憂いをいつも胸の奥に秘めたおるいと貞は明らかに別人であった。

だが、今はどうかすると――。

いかんいかんと、忠司は首を横に振った。いつもなら、「どうかなさいましたか」と尋ねてくるところだが、今日の貞は無言のまま自分の思いにとらわれているようであった。

「私が知るある方は……」

自分でもどうしてか分からなかった、忠司の口は思いもかけぬ言葉を紡ぎ出していた。貞は忠司に目を向け、じっと見つめてくる。

「私のせいで危ない目に遭ってしまいました。私と出会わなければよかったのではないかと今でも悔やまれるのです」

「松原さまは、その方と出会わなければよかったと思っておいでなのですか」

貞にじっと見つめられると、おるいからそうされている錯覚に陥りそうになる。

――あなたさまは、私と出会わなければよかったと思っておいでなのですか。

貞の言葉が、おるいの声になって耳もとで響いている。

「……分かりません。私自身はその方と出会えて、かけがえのない時を共に過ごすことができました。ですが、その方にとってはどうだったのか。仮に同じように思ってくれていたとしても、私のせいで危ない目に遭ったのだと思えば――」

おるいは助かったのだろうか。新選組の刃にかけられていないことを祈ることしかできない。

「若君も同じかもしれません。私は若君に出会い、その境遇を知り、お助けしたいと思ってしまった。間違ったことはしていないと今の今まで思ってきました。ですが、それは若君の運命を強引に捻じ曲げるようなことだったのではないか。私がしたことはただ、若君の命を無為に長引かせ、苦しめただけではないのか。そんなふうに思ってしまい……」

「若君は助からないと決まったわけではありませんわ」

貞は目に強い光を宿して言った。

「神仏の道理は分かりませんが、若君が松原さまと過ごした時をかけがえのないものと思っておられるのは、私にも分かります。仮に、松原さまが若君の運命を捻じ曲げたのだとしても、松原さまとご一緒に旅をした日々がなければよかったなどとは、お考えにならないでしょう」

貞の力強い言葉が耳に流れ込んでくる。

おるいも副将もそう考えてくれているのなら、どんなによいかと思う。忠司に出会えてよかったと、本当に思ってくれているのであれば——。

「人は行く末を知ることができません。でも、だからこそ、怖がらずに生きていくことができるのでしょうね」

貞はつと忠司から目をそらし、空を見上げながら独り言のように呟いた。

確かに、貞の言う通りだと忠司も思う。分からないからこそ、人は進んでいける。忠司もこの先の自分のことは分からない。元の世に戻れるのか、それとももはやこの時代で死ぬまで生きていかなければならないのか、おるいに再会できるのかできないのか、何も分からない。だが、分からないからこそ、今も絶望しないでいられるのだ。

「もしも道の先に、かけがえのない出会いがある代わり、危機が待ち受けているとしたら、その道を進むのがよいと、姫は思われますか」

「思います」

貞は忠司に目を戻すや、迷わずに言い切った。

「だって、つつがなく日々を送ることだけが生きることではありませんもの」

誰かと出会い、かけがえのない時を共に過ごす——それが我が身の安泰と引き換えであったとしても、自分はかまわないと、貞は言った。

おるいもそう思ってくれていればありがたい。忠司は少しばかり気持ちが軽くなった。

あとは、副将が目を覚ましてくれさえすれば——。

心からそう願いつつ、忠司は貞と共に帰路に就こうとした。

「もうし」

その時、菅谷館に通じるのとは別の道から、修験者と思しき者が現れた。麻の鈴懸衣を着て、結袈裟をつけ、錫杖を手にしている。齢は四十路ほどであろうか。

「何でございましょう」

忠司は合掌して丁重に尋ねた。傍らでは貞も手を合わせている。

「御坊(ごぼう)……いや、おぬしはまことの法体ではないな」

修験者は忠司に目を据えて訊いた。どうしてそれが分かるのか。忠司は前の世で坊主頭にしていたことから、ここでもそれを通し、面倒ごとを避けるため、僧衣を身に着けている。もっとも、本当に出家したわけでないことは周りの者に伝えていたが、初対面の者に分かるはずがない。

すると、相手はまるで忠司の心を読んだかのように、

「愚僧(ぐそう)がそれを知るのはおかしいかな」

と、問うてきた。

「いえ。修行を重ねたお方であれば、一を見て十を悟ることもおありか、と」

「さよう。であれば、他にも分かったことがある。おぬしはここの者ではないな」

修験者の言葉に、貞が「まあ」と驚いた声を上げる。

「確かに、この方は武蔵国の方ではありませんが、そんなことまでお分かりになってしまうのですね」

なんて尊い法師さま――と、貞はありがたそうに手を合わせている。

(ちがう。この修験者が私をここの者ではないと言ったのは、決してそういう意では……)

動悸が速まり、息苦しくなってくる。この者はおそらく、忠司が今の世とは別の世から来たということを、何らかの形で察してしまったのではないか。黒々とした修験者の奥深い両眼から目をそらすことができぬまま、忠司はなぜか恐怖を覚えた。

シャラン――。

修験者の持つ錫杖の輪が澄んだ音を立てる。

その瞬間、どういうわけか、修験者の声が頭の中に響いてきた。

(おぬしは本来ここにはいない者。されば、おぬしのしたことが、この世の道理を変えることになりかねん)

――道理を変える？　それはどういうことですか。

忠司もまた、心の中だけで言葉を返していた。

(おぬしがここでしたことにより、かつておぬしのいた世の何かが変わらぬと、どうして言える？)

――あちらの世とここととは何百年と離れている。そんなことがあるはず……。

(ないと、まことに言えるのか。おぬしがここで死すべき誰かを生かし、生きるべき誰かを滅すれば、生ずるべき命が生ぜず、本来生じぬ命が生じることとてあろう)

そう言われてはっとなった。

副将は本来、六条河原で死ぬはずだった。それを忠司が関わって助けたことで、この先の何かが変わる――もちろんそういうことはあり得るだろう。副将が誰かと結ばれて子を生すことがあるとすれば――。本来、その子はこの世に生まれないはずの子なのだから。

――もしや、若君は死すべき宿世だというのですか。そのため、俺のしたことで世の中が変わらぬよう、神仏が若君の命をお召しになろうとしたとでも。

(はて。愚僧は神でも仏でもない。その考えなど分かるはずもない。されど、思い当たることがあるなら、己の言動には気をつけるがよかろう)

シャラン――。

再び修験者の錫杖の輪が澄んだ音を立てた。

忠司ははっと我に返る。修験者の男はすでに忠司の前にはおらず、道端の地蔵尊に手を合わせていた。そして、もう忠司たちには目を向けようともせず、来た道とは別の——菅谷館には通じていない道を歩き出した。

「きっと修行を重ねた聖さまなのでしょうね」

貞は心の底からそう思っているようであった。「私たちも帰りましょう」と促され、忠司は貞を馬に乗せると、その轡を取った。

帰り道、修験者が心に語りかけてきた言葉が頭から離れなかった。己のしたことの是非を突き付けられたこともそうだが、それを非とするのであれば、副将が助からないことになってしまうから。

（だが、俺は若君がいなくなることを、もはや宿世だからといって受け容れられぬ）

忠司の苦悩は深まるばかりであった。

その晩、副将の容態に変化はなかった。翌日も、忠司は貞に誘われ、二人で辻の地蔵尊へお参りに出かけた。

また、あの修験者が現れるのではないかと恐れる一方、会えるのならば、尋ねたいことは山のようにあった。

自分がこの世の異物であることも、ゆえにこの世の道理を変えてはならぬという言い分も理解はできる。だが、それならば、なぜ自分はこの世に送られてきたのか。何もしてはならぬと言うなら、自分はこれからどうやって生きていけばいいのか。また、かつての慶応の世へ帰ることは叶うのか。

どうして、それらのことを昨日尋ねなかったのかと悔やまれたが、突然のことで、昨日は心に余裕がなかった。それに、どういうわけか、あの修験者には恐怖を覚える。どれほどの強敵を前にしても、恐怖など一度たりとも覚えたことのない自分がなぜか——。

だが、結局、昨日の修験者が現れることはなかった。

貞と共に地蔵尊に手を合わせ、半刻ほどで菅谷館へ戻ったのだが、副将が意識を取り戻したのは、その日の夕方のことであった。

「まことか」

女房から知らせを受けた忠司はすぐに副将のもとへと向かった。ちょうど医師が来ているところで、すぐに話はできなかったが、貞は「地蔵菩薩さまのお蔭ですわ」と涙をこぼしていた。

（そうだ。地蔵菩薩さまのお蔭だ。神仏は若君を生かすと決められたのだ）

忠司はそう思った。この世の道理を自分ごときが捻じ曲げてよいとは思わない。

だが、あの修験者は忠司に何もしてはならぬ、と言ったわけではない。気をつけよと言っただけだ。

（俺がここへ来たこと自体、神仏のそもそもの意向ならば、俺にはここですべきことがあるのだろう。それは、道理を捻じ曲げるようなことではなく、曲がった道理を正すべきことなのかもしれん）

副将を助けたことは、忠司にとっては道理を正す類のことだ。それがもし過ちであるなら、神仏が正してくれるだろう。それはもう、忠司のあずかり知らぬ類のことだ。

（俺は、俺自身の道理に背くことをしなければいい）

忠司はそう己の心の整理をつけた。

副将を診た医師は「もうご心配には及ばないでしょう」と述べ、菅谷館の人々の顔にはようやく笑顔と明るさが戻った。

副将は落馬した時の記憶はあいまいだったが、それ以前のことはしっかりと覚えていた。なぜ勝手に馬に乗ったのかという問いには、子馬なら乗れると思った、と答えたそうだ。

だが、それから忠司と二人だけになった時、

「父上と兄上は、お亡くなりになったのだな」

と、副将は呟くように尋ねてきた。

「やはり、私たちの話をお聞きになってしまったのですね」

忠司が問うと、副将はそうだと認めた。

「これは、忠司が届けてくれたのだろう」

と、枕元の守り袋をまさぐりながら言う。

「はい」

「私は忠司や貞に出会えたから助けてもらえた。父上や兄上には、そういう人がいなかったということなのだな」

「……そうですね」

「父上や兄上をお気の毒に思う。だから、お二人の菩提(ぼだい)をしっかりと弔いたい」

副将は涙も見せずに告げた。

「ぜひそうなさってください」

忠司は心からの安堵を嚙み締めつつ答えた。

「また、柔術を教えてくれるか」

副将がほんの少し気がかりそうな眼差しになって問う。

「もう無茶なことはしないと約束してくださるのなら――」

「約束する」

副将の必死の眼差しに、忠司は優しくうなずき返した。

「貞姫は若君のため、地蔵尊へお参りなさり、懸命に祈っておられました。姫にお礼を申し上げてください」

「分かった。貞はとても優しいのだな」

「その通りでございます」

忠司は力のこもった声で答えた。

五章　からまる糸

一

菅谷館の主人である畠山重忠が帰館したのは、八月も下旬になってからであった。この時、重忠は惟宗三郎を伴っていた。

忠司が二人と再会するのは、京で会った五月以来のことになる。一別以来の挨拶の後、鎌倉での話などを聞いたが、本当はもっと早く帰るつもりだったところ、鎌倉で任官の沙汰などがあり、なかなか発てなかったという。

「惟宗三郎殿はこの度、九州にある島津荘の下司(げす)職に任じられたのだ。鎌倉殿のご推挙でな」

重忠が我がことのように、にこやかな笑顔で告げた。

「……島津荘？」

忠司は突然、耳に飛び込んできた言葉に愕然とする。ここで聞くことになろうとは思わなかった言葉、おるいが仕えていた薩摩藩主の家名。そして、おるい自身にもその血が流れているという家の名。

「島津荘は薩摩、大隅にまたがる広大な荘園でな。ご領主は摂関を引き継がれる近衛家なのだ。惟宗家は代々、近衛家にお仕えしていたのであったな、三郎殿」

重忠が忠司と貞に説明しつつ、最後は惟宗三郎に目を向けて確認する。

「正しくは、日向国にもまたがっているが」

と、惟宗三郎が愛想の欠片もない声で言った。自分の任官のことなのだから、もっと喜ばしそうな顔をすればよいものを、と忠司はつい思ってしまった。

「いずれにしても、めでたいことだ。これまでのご奉公が認められたということなのであろう」

忠司は少しでも惟宗三郎の気持ちが引き立つよう、声を張って言った。

「さよう。摂関家の荘園管理に関わる職は、格別大事なお役目だ。誰もがなりたがる一方、誰でもできる職務ではない。惟宗三郎殿なればこそ」

と、重忠がすかさず明るい声で盛り立てる。しかし、惟宗三郎の表情は少しも変わらなかった。

「それは、おめでとうございます」

その時、貞が口を開いた。驚いたことに、いつになく硬い表情をしていた。

「けれども、そのように大事なお役目に就かれたのであれば、こちらへ来る暇を作るのも難しかったのではありませんか」

まるでなぜ来たのか、とでもいうような物言いであった。貞は惟宗三郎の訪問を歓迎してはいないようである。

「惟宗三郎殿はしばらく、比企家の館で過ごされるのだ。忙しいのは事実であろうが、少しは羽を休める時も要るであろう」

重忠が惟宗三郎を庇うように言った。惟宗三郎の方は相変わらず顔色一つ変えない。

「ですが、比企家の方々は皆さま、鎌倉にいらっしゃって、お留守なのではありませんか。三郎さまにとって、ここは故郷でもありませんし、ご休息ならば、鎌倉でお取りになればよいでしょう」

貞の声は尖って聞こえた。

「一人で休息したいと思えばこそ、わざわざ来たのです。鎌倉では、比企家の方々に気をつかわなくてはなりませんからな」

惟宗三郎は淡々と言葉を返した。貞の言い分に動じた様子はまったく見せなかった。

だが、忠司は「比企家の方々に気をつかう」という惟宗三郎の言葉に、耳を留めた。いつも平然としているように見えて、実は細かいところに気を配り、人から非難されないよう気をつかっているのではないかと思えたのである。惟宗三郎の実父は鎌倉殿と呼ばれる源頼朝。そうと認められることがなくとも、誰もが知っているとなれば、この度の任官とて、頼朝の贔屓(ひいき)だと考える連中はいたかもしれない。そういう人々から非難されぬ立ち居振る舞いが求められる鎌倉での暮らしは、やはり疲れるものだったのだろう。

それにしても、ふだんの貞であれば、相手を思いやる優しさを見せるところだろうに、どうして惟宗三郎にはこうも険悪な態度を取るのだろうか。

「まあ、島津荘の下司職を賜ったのは僥倖(ぎょうこう)でした。これを皮切りに、かの地の地頭(じとう)職を得ることができれば、あちらへ居を移してもよいかと考えています」

惟宗三郎はやはり淡々と告げた。

「え、居を移す……?」

貞が顔色を変える。驚いたのは重忠も同じだった。

「あちらへ居を移すとは、九州へ行ってしまうということか。鎌倉からどれほど離れていると思っている？」

問い詰めるように訊かれ、惟宗三郎は重忠に目を向けた。

「それはそうだが、もともと鎌倉は私の故郷でも何でもないからな。いつまでも比企家の世話になっているわけにもいかない」

惟宗三郎の言葉に、忠司は先ほど心に引っかかったことを思い起こした。貞のいつもと違う様子に気を取られていたが、「島津荘」のことはよくよく考えてみなければならない。

もしや、今言っていたように、惟宗三郎はいずれ九州へ赴き、拠点を構えることになるのではないか。その土地に土着した武士が、地名を名乗りに用いるのはよくあることだ。畠山氏もそうだし、親族だという河越氏もそうだろう。秩父平氏の血を引く彼らの本来の氏は、「平」のはずである。

（ならば、惟宗三郎殿はいずれ、島津氏を名乗ることになるのか）

ということであれば、あの島津久光の遠い先祖ということになる。その瞬間、久光の言葉が脳裡によみがえった。

――我らが島津の祖、忠久公は三郎と呼ばれておられた。……ゆえに、三郎と呼ばれるのは私の誇りなのだ。

そう言って、島津久光は三郎と名乗っていた。

惟宗三郎の本名は確か前に聞いた。そう呼んだこともないゆえ、ふだんは忘れていたが……。

――三人とも『忠』を名に持つわけか。

そうだった。自分たち三人は皆、「忠」を名に持つと壇ノ浦で言い合ったのではなかったか。あの時、惟宗三郎は確か……。

――私は忠久という。

そう名乗っていた。しっかりと聞いていていながら、どうして今の今まで忘れていたのだろう。

彼が島津忠久と名乗っていれば、さすがに聞き逃しはしなかった。だが、久光からその名を聞いたのもただ一度きりだし、そもそも島津氏の祖の名前など、久光に聞くまで忠司は知らなかったのだ。

三郎と名乗る者など山のようにいる。そのため、まるで結びつかなかった。

忠司は改めて惟宗三郎の顔に目を向けた。どこかに、あの久光と似通ったところがあるのではないか。そう思ってのことだが、年齢も離れているし、そもそも何世代も隔たっている。

惟宗三郎と重忠は、島津荘への移転について、あれやこれやと語り合っており、忠司の眼差しには気づかぬ様子であった。その時、部屋の出入りをする妻戸の外から声がかかった。

「失礼いたします。お館さまがお帰りのことと聞きおよび、若君がご挨拶をなさりたいとここまで来ておいでですが……」

副将の申し出を受け、部屋の外に控えていた女房が取り次いだということのようだ。

忠司は貞と顔を見合わせた。

もちろん、重忠と副将はすぐにでも引き合わせたい。しかし、思いがけず惟宗三郎が付き添っていたため、あえて副将はこの席へ招かなかったのである。だが、来るなと伝えていたわけでもないので、重忠帰館のことを知った副将が挨拶にやって来るのは無理もない。

副将も「壬生」と名乗らねばならぬことは自覚しているので、大事ないとは思うが……。

「今はお客さまがおいでですから」

貞がやんわり副将を引き取らせようとしたが、

「いえ、私に気兼ねは無用です。私が退散いたしましょう」

と、惟宗三郎が言い出した。

「いや、何もそう慌ただしく帰らずともよかろう」

重忠が惟宗三郎を引き止め、結局、副将を部屋へ招き入れることになった。

副将は臆する様子も見せず、堂々と部屋に入ってきて、忠司の傍らに座った。

「壬生と申す。畠山のお館さまがお帰りになったと聞き、ご挨拶に参った。貞殿にはまことにようしていただいた」

副将は立派な態度で挨拶した。いささか立派すぎて不自然に見られかねないくらいだが、

「父上が昔、世話になった方のご子息でな。事情があってしばらくお預かりしている」

と、重忠は惟宗三郎に説明した。惟宗三郎のことも比企家の縁者ということで、副将に引き合わせ、対面は無事に終わった。

「惟宗三郎殿はしばらく比企家の館で過ごされるゆえ、これから我が家へもしば

しばお越しくだされよう。壬生君もそのおつもりで」

重忠が副将に言い、副将はうなずいている。ところが、

「兄上。三郎さまは誰にも気兼ねせずお休みになりたくて、こちらへ参られたとのこと。あまりお誘いしてはかえってご迷惑かもしれませんわ」

と、貞が言い出した。棘のある物言いに、副将が吃驚して貞の顔をぽかんと見つめている。

「そんなことはあるまい。三郎殿と私の間で、気遣いなど無用なのだから」

重忠がとりなすように言う。ただ、貞の言い方は客人に対して無礼とも受け取れるものでありながら、重忠が妹を叱ることはなかった。忠司はそのことも少し気にかかった。

「まあ、こちらには畠山殿以外の方もおられるゆえ、ご迷惑に思われぬよう気をつかいつつ、時折は寄せていただこう」

惟宗三郎の返事は皮肉とも取れるものだったが、その平然とした表情は相変わらずであった。貞は返事もせず、つんと横を向いている。

挨拶を終えた副将はやがて立ち去ったが、その後は会話も弾まず、帰ると言い出した惟宗三郎を、今度は重忠も引き止めなかった。

「畠山殿はお疲れであろうから、俺がお送りしよう」

忠司は惟宗三郎の見送りを買って出た。

惟宗三郎について知りたいことが、今は山のようにある。島津家の祖となる島津忠久その人なのか。だが、そんなことを尋ねても、惟宗三郎とて答えようがないだろう。また、貞があああも冷淡な態度を取るのはどうしてなのか。だが、それも貞に訊いてくれと返されそうだ。

いや、それよりも、壬生と名乗った少年が六条河原で首を斬られたはずの副将であることに、気づいているのかいないのか。そもそも、斬首の場からこっそりと副将を逃がしたあの時、惟宗三郎はそれと知って見逃してくれたのではないか。

だが、副将に関わる肝心の問いさえ、忠司は口にすることができなかった。惟宗三郎もしばらくの間、無言であったが、館の外へ出て門へ向かう途中、

「あの、壬生と名乗っていた子のことだが……」

と、突然言い出した。

「ああ」

忠司は慌てて応じたものの、声が少し掠(かす)れてしまった。

「あの子のことなら知っている」

と、惟宗三郎はやはり唐突に言った。

「だから、私にごまかすことはない」

「これまで同様、知らぬふりをしてくれるということだな」

副将の素性については口にせず、忠司は慎重に尋ねた。

「今さら誰に話すというのだ」

惟宗三郎はいささかあきれた口ぶりで言った。

「己の立場を悪くするようなことを、私がすると思うのか」

「そうだな。貴殿は常に己の利と不利を見極めておられる」

「よく分かっているではないか。まだ知り合って日も浅いというのに」

惟宗三郎はつと足を止めると、惟宗三郎の顔を見つめる。忠司の顔を見ながら皮肉な冷笑を浮かべた。忠司も足を止め、惟宗三郎の顔を見つめる。豪胆な武士というより、いかにも怜悧(れいり)な官吏という顔立ちは、記憶の中にある島津久光の貫禄のある佇まいと特に重なることはなかった。

「私の顔がどうかしたのか」

惟宗三郎が不意に問うた。「えっ」と訊き返すと、

「先ほどから、何やら気になる眼差しを向けられているのでな」

と、惟宗三郎は告げた。どうやら気づかれていたらしい。

「いや、別に」

忠司は惟宗三郎から目をそらした。何か適当な思い付きをさらりと口にできればいいのだが、生憎、そういうことが苦手である。だから、本音をありのまま口にするしかなかった。

「俺は貴殿を抜け目のない男と言いたいわけではない。そういう面があるのは事実だが、貴殿はわざとそう見せているのだろう」

「何が言いたい」

「京にいた頃の俺は、確かに貴殿を抜け目のない冷たい男と誤解していた。だが、そう見せているだけだと今は知っている」

畠山重忠もそうだ。だから、副将を助ける企てに、惟宗三郎を引き入れようとした。だが、惟宗三郎の本性を知らない義経はそれに反対した。自分もあの頃は惟宗三郎の本性を知らなかった。だが、副将を見逃し、今もその秘密を守ろうとしてくれる、その優しさが惟宗三郎にはある。

「姫君も貴殿を誤解しているようだが、何かしたのか」

惟宗三郎に目を戻して問う。すると、今度は惟宗三郎が忠司から目をそらした。

「別に、何も」

惟宗三郎は短く答えた。どことなく不機嫌そうに聞こえなくもない。おや、と思いつつ、くわしく問おうとした時、「ここでけっこう」と惟宗三郎から言われてしまった。

忠司が口を開くよりも先に、惟宗三郎はさっさと歩き出す。その背中は、それ以上このことで問いかけられるのを拒絶するという風情であった。

二

忠司は惟宗三郎が馬を預けてあるという厩(うまや)へ向かうのを見届け、館へ戻ったが、その足で畠山重忠のもとへ向かった。

重忠は奥の曹司で直垂(ひたたれ)を着替え、ちょうど寛(くつろ)いだところだったようだ。

「三郎殿は帰られたか」

「うむ。厩へ向かう前に、もうよいと言われたので、戻ってきたが……」

「三郎殿の無愛想はいつものことゆえ、気になさることはあるまい」

重忠は忠司を慰めるように言った。

「惟宗三郎殿はわざと無愛想に振る舞っておられるのだろう」

忠司が告げると、重忠はわずかに目を見開いた。

「俺もかつては、あれが惟宗三郎殿の本性なのだと思っていた。だが、畠山殿と共に、若君の斬首の検分に来られた時、あの方は我らの企てに気づきながら見逃してくださったのだと気づいた。先ほども、若君のことについては承知しているので、自分の前でごまかすことは無用と言っておられた」

「そうか。やはり気づいておられたか」

重忠は少し安堵した様子で呟いた。

「そうであろうと思ってはいたが、こちらから問うのもおかしいのでな。あえて尋ねはしなかったのだ。三郎殿はあの時、若君の亡骸は乳母と女房が抱きかかえて入水したと証言し、亡骸が見つからないのは仕方がないと言い添えてくれた」

そのお蔭で、それ以上の探索は打ち切られ、副将の身をかくまうことができた。惟宗三郎はすべてを知った上で、手助けしてくれたのだ。

「あの方は、見た目よりずっとお優しい人なのだろう」

忠司が言うと、「まさにそうなのだ」と重忠は意を得たりという様子で、力強く応じた。

「世間の人は三郎殿を誤解している」

「だが、それはあの方がわざとそう振る舞っているためでもあろう」

「まさに、そうなのだ」

重忠は溜息混じりにうなずいた。

「もっと親しみやすく振る舞えば、三郎殿の周りには人が集まってくるだろうに。あえて人を寄せ付けないような態度を取っている」

「姫君も惟宗三郎殿を誤解しているようだが……」

忠司は先ほどから気にかかっていたことを問うてみた。

「ああ、あれは……その手の誤解ではないのだ」

重忠は苦笑混じりに答えた。

「その手の誤解でないとは？」

「実は、一年余り前、貞の婿に三郎殿をと思い、私から話を持ち掛けたのだ」

重忠の打ち明け話は思いがけないものであった。

その時にはもう、惟宗三郎と貞は顔見知りであったという。惟宗三郎の愛想のなさは貞の前でも変わらぬものであったが、貞は惟宗三郎の品のある顔立ちや振る舞いを褒めちぎっていたそうだ。

「さすがに京育ちのお方は違いますわ――などと言っていたのでな。三郎殿のことを気に入っているのだと思った。三郎殿のお心は分かりにくかったが、まずは後ろ盾となっている比企家の意向を聞かねばと思い、比企家のご当主に話を持ちかけた。すると、願ってもない話だというので、これはもう話がまとまったものと思い込み、貞に話してしまったのだ。貞は恥じらいながらも、三郎殿に嫁げるのを喜ばしく思っているふうであった。ところが、その後、当の三郎殿が不承知だからと、比企家の方から断られてしまった。私が余計なことをしたせいで、貞を傷つけてしまったのだ」

貞は惟宗三郎を慕っていたのだろう。惟宗三郎に対する冷たい態度は、縁談を断ったにもかかわらず平然と菅谷館に出入りする惟宗三郎への当てつけだったのかもしれない。

忠司は一瞬、心の中を虚(むな)しい風が吹き抜けていったような心地を覚えた。

「惟宗三郎殿は、何ゆえ姫君との縁談をお断りになったのだろう」

気を取り直して、忠司は重忠に尋ねた。

「さあ。さすがに、それぱかりは尋ねてみたことがないからな」

重忠は困惑気味に首をかしげた。

「正妻に迎えたい女人が他にいたか、貞が気に入らなかったか」

「姫君は見目麗しく、優しい女人だ。気に入らないとは考えにくいし、仮にそうだとしても、畠山氏との縁を振り捨てるほどの理由にはなるまいと思うが」

「確かに、三郎殿が身を寄せる比企家は喜んでいたのだからな」

「では、他に想う人がおられたのだろうか」

「初めは京にそのような女人がいるのかと私も思うたが、京でも、特にそのような話は聞かなかったな」

と、重忠は言う。

「ならば、何ゆえ……」

「これは、三郎殿から聞いたわけではないから、ただの私の憶測なのだが……」

重忠は不意に生真面目な表情になると切り出した。

「三郎殿は鎌倉殿のご子息。正式に認められたわけではないが、鎌倉の御家人は誰もが承知しているという微妙なお立場だ。それゆえ、母君のご実家である比企家を後ろ盾にしつつも、いつ危うい立場に立たされるかもしれぬと、常に緊張を強いられているのだと思う」

忠司は惟宗三郎の佇まいを思い浮かべた。もちろん、ふだんの様子からその手の緊張を感じ取ることはなかったが、重忠の言っていることは真実だろうという気がした。

「おそらく、ふつうでは考えられないほど用心深くなっておられるはずだ。あれほど気を張っていてはつらいだけだろうと、私は思うのだが」

「惟宗三郎殿は、さほどに用心しなければ足をすくわれるようなお立場なのか」

「門外漢の私には想像しにくいのだが、源氏一門の棟梁をめぐる争いごとは今に始まったことではない。鎌倉殿の兄君は、この近くの大蔵館に暮らしておられた叔父君に夜討ちを仕掛けて倒しておられる。その方が木曾殿のお父上だ」

「木曾殿とは、木曾義仲のことか」

うっかり呼び捨てにしてしまい、重忠から妙な目を向けられたが、忠司は咳払いしてごまかした。

「その通りだ。当時、私の父も鎌倉殿の兄君の軍勢に参加していた。それから三十年近くを経て、鎌倉殿は木曾殿を討ち果たし、お預かりしていた木曾殿のご子息も殺してしまわれた。ご自身のご息女である大姫の許婚であったにもかかわらずだ。お気の毒に、大姫はそのことでたいそう傷つかれたと聞いている」

頼朝の兄は義仲の父を、そして頼朝は義仲とその子息を、戦で討つなり命を奪うなりしたということだ。

「今とて、判官殿が危うい立場に立たされている。このままでは、判官殿も木曾殿と同じ道をたどらされるのかもしれない。公に認められたわけでないものの、同じ源氏の血を引く三郎殿は、どれだけ用心してもしすぎることはないくらいに構えているのだろう」

そういうことだったのか。

だとしたら、惟宗三郎の用心は正しい。彼が島津家の祖だとして、どんな死を迎えたのかは分からないが、本当に頼朝の血を引くのであれば、後々、鎌倉武士たちから警戒される恐れは十分にある。

惟宗三郎が九州の島津荘へ居を移そうと言ったことも、貞を妻とするまいと考えたことも、すべてはそこに根差していたのかもしれない。

「ならば、惟宗三郎殿はご自身の妻となれば、姫君の御身が危うくなるかもしれないと考えて、わざと――」

「いや、これはあくまで、私の憶測にすぎないがな。貞を嫌ったわけではあるまいという兄の贔屓目もあるかもしれぬ」

重忠は言い訳するように付け足したが、忠司はその憶測が正しいだろうと思った。

それならば、惟宗三郎は貞を嫌ってはいないということだ。むしろ、貞を想っていればこそ、縁談を断ったと言えるのではないか。

(二人は相思相愛ということなのか)

再び虚しい風が心を吹き抜けていく気配を感じたが、似合いの二人であることは忠司の目から見ても言うまでもない。

(惟宗三郎殿はほぼ間違いなく、薩摩の国父さまがおっしゃっていた島津忠久公なのだろう。であれば、島津家の血を引くおるい殿が姫君と似ているのは……)

もしかしたら、惟宗三郎と貞が結ばれ、その血が島津家に受け継がれたからではないのか。

いったん縁談が壊れ、今は険悪なように見える二人は、この先、夫婦となる運命なのか。

(惟宗三郎殿がもし危うい自分の運命に姫君を巻き込みたくないと考えているだけならば——)

貞はそのように臆病な人ではないと、伝えてやりたかった。

道の先に危機が待ち受けているとしても、かけがえのない人と一緒であれば、

その道を進むのがよいと、貞は言った。そして、その理由を、

——だって、つつがなく日々を送ることだけが生きることではありませんもの。

と、語っていた。

（だから、惟宗三郎殿も恐れなくていいのだ）

だが、そのことを伝えてやれば、貞と惟宗三郎は本当に結ばれてしまうだろう。

（その時、俺は何も思わずに、二人を祝ってやれるのだろうか）

その問いに対する答えは、忠司自身も持ち合わせていなかった。

三

それから、重忠と惟宗三郎はひと月ほどを武蔵国で過ごした。その間、惟宗三郎は数日おきに菅谷館へ現れ、いつの間にやら副将ともなじみとなっていた。

副将は菅谷館へ来てから馬場で過ごすことが多かったが、忠司から柔術の鍛錬も受け続けている。惟宗三郎は特に、この柔術に興味を持ったようであった。

「柔術とは、初めて聞く。いったい貴殿はどこで柔術とやらを習ったのだ」

ある日、忠司が副将に身を守る技を教えている時にやって来た惟宗三郎は、熱

心にその稽古を見学した後、そう尋ねてきた。

そもそも、この時代に「柔術」という言葉は一般に使われていまい。だから、大人が相手であれば忠司も用心したのだが、副将相手には柔術という言葉を使って教えていた。それを、惟宗三郎は副将を手なずけて聞き出したようであった。

「いや、柔術というのは、その、俺が勝手に使っている言葉で……」

しどろもどろになる忠司に代わって、

「柔術とは素手でも戦えるのじゃ。そもそも、相手の命を奪うことを目指すものではなく、相手を戦えぬようにして、己を無事に生かすことを目指しておる」

副将の方が得々と語るありさまであった。

「一騎打ちで決着がつかぬ時の組み討ちは、武器を使わずに相手をねじ伏せねばならぬゆえ、まさに柔術が役に立つのじゃ」

「なるほど、一騎打ちで決着がつかなかった時のことまで考えて、鍛錬する者はあまりいない。ならば、一騎打ちの勝負さえ引き分けに持ち込めれば、あとは柔術の技を身につけた方が勝てる、ということか」

惟宗三郎は柔術の生かし方を思案するふうである。

「忠司は強いのじゃ。三、四人の悪党どもを棒のみで退けてしまった。悪党どもは刀を持っていたにもかかわらずじゃ」

副将は忠司の強さを力説しようとするあまり、秘密にしておかねばならぬ時のことまでつい口走ってしまう。

「ほう。悪党に襲われるとはまた難儀なこと。しかし、いつそのような目に遭ったのです」

惟宗三郎も、それが京から武蔵国を目指した旅のことと見当をつけているだろうに、わざと副将をからかっている。

「あっ、それはそういうことがあったと、忠司から聞いたのじゃ。そうであったな」

「はあ。まあ、そうでしたな」

忠司は副将に調子を合わせた。

「まあ、それはよい。それより、松原殿。柔術とはいかなる意で名付けたのか、聞かせてほしい」

惟宗三郎は興味深そうに尋ねる。

「『柔』とは言葉通り、柔らかくしなやかであるということ。敵の攻撃をしなやかに受け流しつつ、敵の弱きところを突いて戦いを挑む、そこから、まあ、柔(やわら)

の術と――」

「なるほど、そう言われると確かにその通りだ。相手の弱きところを突く戦い方なればこそ、体の小さき者、力の弱き者でも勝ちを収めることができるというわけか」

柔術とは見事なものだ――と、惟宗三郎は感心したふうに言った。

(そういえば、薩摩の国父さまは俺の柔術の技を御覧になりたいとおっしゃってくださった)

その願いは実現しなかったが、今こうしてあの島津久光の先祖に当たる惟宗三郎に、その技を見てもらっているのだと思うと、忠司は何とも不思議な気分がした。

「先ほど棒を用いたと若君がおっしゃったが、柔術の技とは徒手のみではないのだな」

惟宗三郎はさらに問う。

「うむ。棒や短刀、薙刀を用いての鍛錬もする」

その後、惟宗三郎は棒をどのように使うのか、棒を相手に叩き込むにはどこを狙うべきなのか、熱心に尋ねた後、

「私を相手に実践してみせてくれ」

とまで言い出した。

そこで、忠司は惟宗三郎を相手に、脛を狙って相手の動きを封じる方法や、刀を持つ相手の肩を砕いて刀を無効にする方法など、いくつか実践してみせた。

「あっ、貞が参った」

そこへ館から出てきた貞が通りかかり、副将が明るい声を上げる。

「辻のお地蔵さまを拝みに行こうと、若君を探していたところなのですよ」

貞が副将に優しい笑顔を向けて告げた。

副将が落馬した時、貞と忠司が拝みに行った石づくりの地蔵尊を、貞は今も毎日お参りしている。そして、今ではそのお供は副将の役目となっていた。初めは忠司や従者が付き添っていたのだが、館から離れてもいないし、危ないこともないからと、近頃は二人だけで出かけることもある。

「うむ。では、参ろう」

副将はすぐに返事をした。

「武術の修行はよろしいのですか」

「うむ。今は忠司が三郎の相手をしておるゆえ、かまわぬ」

副将の言葉を受け、貞は初めて惟宗三郎へと目を向けた。

「三郎さま、いらしていたのですね」

その声から明るい響きは失われていた。

「お邪魔しています」

惟宗三郎は丁寧に言葉を返すが、その声に心がこもっているようには聞こえなかった。

「こちらも一段落したところゆえ、姫と若君がお参りに行くのなら、私もお供しましょう。三郎殿もいかがであろう」

忠司は二人の仲を取り持つように言った。

「お参りとは、いずこへ」

「この館の前の道を進んだところに、六つの辻があるのをご存じではないか。あそこに、石でできた地蔵尊がおわします。若君が落馬した時、姫が祈りを捧げ、聞き届けてくださったご縁がある」

「その地蔵尊ならば分かる。なるほど、さようなご利益(りやく)があったのか」

「私は昔から地蔵菩薩を信心しておる。いつも助けられてきたからな」

横から副将が言い添えた。

「そういうことでしたら、帰るついでにお供しましょう」

惟宗三郎は承知し、馬を牽いてくると言った。

「別に、私どもに無理して付き合ってくださらなくても、かまいませんのに」

貞が不機嫌そうな声を上げたが、惟宗三郎は聞こえないふりをして厩の方へ行ってしまった。

「貞は、三郎にはいつもつらく当たるのじゃな」

惟宗三郎が遠のいてしまってから、副将が貞を見上げて言った。

「え、別にそういうわけではありませんわ」

貞は子供の正直な言葉にうろたえている。

「いや、三郎にだけ優しゅうない。忠司もそう思うであろう?」

副将の問いかけは突然忠司の方に飛んできた。

「え、いや、まあ。確かにそうかもしれませんな」

「まあ、松原さままでそうお思いなのですか」

貞は忠司に目を向け、恥ずかしそうに頰を赤らめた。

「松原さまや若君と違って、前から知るお方ですゆえ、遠慮のない物言いをしていたかもしれません。お二人の目にそう映るのであれば、これからは気をつけるようにいたします」

貞は慎ましい様子で目を伏せて言った。

「のう、貞は誰が好きなのじゃ」

突然、副将は貞に尋ねた。

「えっ、それはどういうことでございますか」

貞が目を見開き、副将を見つめて問い返した。

「貞は忠司が好きなのか」

「えっ」

今度は忠司も貞と一緒に声を上げてしまう。

「どうして、そのようなことをお尋ねになるのですか」

「今、忠司と話しながら、頬を染めていた」

「それは、自分の至らなさに恥じ入る気持ちからでございます。松原さまをどう思うかということとは……」

貞が言葉を尽くして説明するのをあっさりと遮り、

「では、貞は三郎が好きなのか」

と、副将は新たな問いを重ねた。

「ど、どうして急に話を変えられるのですか。今は松原さまのお話をしていたのでございましょう」

貞はこれまでになく動じた様子を見せた。

「ならば、貞は私が好きか」

副将はそれまでになく真剣な表情で尋ねた。貞はそれまでの動揺ぶりから一転、落ち着きを取り戻す。優しい微笑を浮かべつつ、

「もちろんでございます」

と、貞は迷い一つ見せずに答えた。

「そうか」

副将は満足そうにうなずいた。

「ならば、私の妻になってくれ」

「え」

貞の微笑はそのまま顔に張り付いてしまった。

「貞は美しい。都の姫君たちに勝るとも劣らぬ」

副将の物言いは真剣そのものであった。

「お気持ちは分かりますが、若君にはまだ早いお話でしょう」

忠司が割って入ると、副将は「分かっている」とうなずいた。

「だから、貞には待っていてほしいと言いたかった」

「さようでございましたか」

うらやましいほどの純粋でまっすぐな気持ち——忠司が副将の小さな姿をまぶしいと思った時、

「お待たせいたした」

と、惟宗三郎が馬を牽(ひ)いて戻ってきた。

「わ、私は失礼いたしますわ」

貞は惟宗三郎と目を合わせもせず、逃げるようにその場を去っていってしまった。

「貞姫はお参りには行かぬと——?」

惟宗三郎が首をかしげている。

「ご自分から若君を誘っておきながら、気まぐれですな」

「そう申すな」

副将が余裕のある物言いをする。

「恥ずかしいのであろう」

副将の顔つきには得意げな様子がうかがえたが、

(姫君が恥ずかしがっていたのは確かだが、残念ながら若君から想いを打ち明けられたせいではないな)

忠司は胸の中でひそかに呟いた。

(姫君がいたたまれなくなったのは、ここに当の想い人が現れたからだ)

惟宗三郎はさすがに何があったのかまでは読み取れず、不審げな表情を浮かべている。

(俺は想い合う二人が結ばれてほしいと思いつつ、どこか割り切れない思いも抱えている。それは、おるい殿を誰かに取られるような錯覚を覚えるからか、それとも——)

忠司は九月半ばの空を仰いだ。

秋晴れの空は高く、鰯雲(いわしぐも)は穏やかに流れていく。

「地蔵尊へのお参りは我らだけで参ろう」

副将がその場の男たちを取りまとめるように言い、忠司と惟宗三郎は否も応もなく従うことになった。

六章　貞姫危うし

一

畠山重忠と惟宗三郎の二人は、十月の初めに鎌倉へ戻っていき、萱谷館は再び、貞と忠司、副将の暮らしに戻った。折しも冬の到来と重なったせいか、萱谷館は寂しさを増し、貞も元気を失くしたように見える。

萱谷館での日々は穏やかに過ぎていき、京や鎌倉の情勢は耳に入ることもなかったが、十二月の年の瀬も迫った頃、惟宗三郎だけが萱谷館に現れ、重忠が京へ上ったことを伝えた。

「兄上が京に？　そのような知らせは届いておりませんが」

話を聞いた貞は怪訝そうな表情を浮かべた。

「鎌倉を発つ時は、必ずこちらへもお知らせくださいますのに」

「何か、急なお役目でも申し付けられたということか」

忠司が問うと、「そういうことではない」と惟宗三郎は淡々と応じた。

「それより、河越殿のことは聞いておられるか」

惟宗三郎の話に、貞と忠司は顔を見合わせ、何も聞いていないと答えた。

菅谷館に来てからはまったく縁がなかったが、忠司は京で河越小太郎と深い関わりを持った。しばらくの間、副将が捕らわれていた河越家の京の館に、忠司も世話になっていたのである。

副将を助ける秘密の企てを共に実行した仲間であり、叶うならばもう一度会いたいという気持ちもあった。

「河越家のご当主、重頼殿とご子息の小太郎重房殿は、去る十一月、鎌倉にて謀反の疑いにより捕縛された」

「そんな、まさか……」

貞の声が震えた。

忠司も冷静ではいられなかった。

「小太郎殿が捕縛されただと。その後、どうなされたのだ。今も鎌倉に留め置かれているのか」

「いや、お二方は殺された」

「何だと」

当主の河越重頼には会ったことがないので、何とも言えないが、小太郎はまっすぐな若者だった。情け深く、人のために苦労することを厭わぬ立派な武士だった。謀反を企むとはとうてい思えない。まさか、副将を助けたことが鎌倉に知られたということなのか。

忠司はふと恐ろしいことを想像しかけ、胸の底が冷えたが、それならば惟宗三郎が無事でいるはずがない。畠山家にも兵が送られ、副将の身柄を捕らえていくはずである。そうなってはいないのだから、河越家の災難は副将のこととは関わりないはずだ。

(河越小太郎殿は判官殿の義弟であったな)

義経は頼朝から追い詰められ、都を脱け出して奥州へ逃亡する——くわしい日付までは知らないが、時期としては今がちょうど、それに重なるはずであった。ならば、河越家の災難は義経の縁者であったことによるものか。

忠司がそのことに思い至った時、

「まさか、河越家の皆さまが疑われたのは、判官殿の縁者だったことによるものですか」

と、貞が震える声で問うた。

義経は追い詰められた末の抵抗とはいえ、頼朝から見れば反旗を翻したことになる。その姻戚であることをもって、河越家は謀反人への加担を疑われたということであろう。

惟宗三郎は無言であった。

「そんな……。河越殿はずっと鎌倉におられたはず。判官殿と謀反を企むことなんて、とうてい……」

「鎌倉では、嫌疑を持たれれば身が危うくなるのです。ご当家は河越家とご血縁に当たられる。畠山殿は慎重なお方だと思うが、万一にも疑われるようなことがあってはなりませぬ。当たり前ですが、河越家の処分が終わるまで、こちらも河越館との関わりなどお持ちにならぬよう」

惟宗三郎は貞を牽制するように言った。

貞は恨めしそうに惟宗三郎を見つめたが、言葉は返さなかった。河越家を見捨てよ、とでもいうような言葉を冷酷だと思いつつ、それが正しいと分かるだけに何も言い返せない。貞の気持ちは忠司にもよく分かった。
惟宗三郎はまた何かあれば知らせると告げ、席を立った。
忠司は貞にはその場に残るよう言い、惟宗三郎を見送るために立ち上がった。
館の外へ出ると、寒風が吹きつけてきた。空はどんよりと曇っており、今にも雨か雪が降り出しそうに見える。一刻でも早く屋内に入りたくなるような空模様だったが、

「少し話がある」

と、惟宗三郎は言い出した。
貞の前では話しにくいことがあったのだろう。惟宗三郎の様子から、どことなくそのことを察していた忠司は承知して、共に歩き出した。

「河越家の処分に先立ち、鎌倉殿は判官殿を討つ手勢を京に送られた。館に夜討ちをしかけ、判官殿を討てとご命じになられたようだ」

「なるほど。それで、判官殿はいよいよ兄君に反旗を翻さざるを得なくなったのだな」

忠司が呟くと、惟宗三郎はつと足を止め、忠司の顔を探るように見つめてきた。

「どうした」

「何ゆえ判官殿が生きていると思ったのか」

惟宗三郎は鋭く問いただしてくる。

「どういうことだ」

忠司は困惑した。

「私は判官殿を討つための手勢が送られたと話した。ならば、その夜討ちで、判官殿が無事だったのか、死んだのか、まずはそれを問うのが筋ではないのか」

「……」

「それなのに、貴殿は判官殿が生きていると疑いもしなかった。判官殿がその夜討ちで討たれないことを知っていたのではないか」

その通りだ。忠司は惟宗三郎の鋭さに舌を巻くと同時に、自分の迂闊さを恥じた。だが、それを認めるわけにはいかない。

「判官殿は歴戦の猛者だ。夜討ちごときの卑怯な手に屈するはずがないと信じていただけだが、実際にそうだったのだろう」

忠司は何げなく述べた。動じたところを見せてはならない。だが、惟宗三郎と目を合わせて話すことだけはできなかった。少々不自然に思われたかもしれないが、これは仕方がない。

どう感じたかは分からないが、惟宗三郎はそれ以上このことで問いただしてはこなかった。

「貴殿の言う通り、この件で判官殿は鎌倉殿の手勢を斬り、完全に鎌倉殿の敵となられた。法皇さまより鎌倉殿追討の院宣（いんぜん）を賜り、京を去っていかれたのだ」

惟宗三郎は再び歩き出した。忠司もそれに続く。

「この時、河越殿はまだ捕らわれていなかったのだが、畠山殿にあることをお頼みになられた」

「河越殿が畠山殿に？」

「そうだ。両家は親族ゆえ、付き合いも深い。畠山殿は河越殿と年の離れた又従兄弟同士だったはずだ。畠山殿は河越殿を父君のように慕っておられたとも聞く。いずれにしろ、この時、河越殿はご息女の郷姫を取り戻してほしいと畠山殿に願われた」

「取り戻してほしいとは、判官殿のもとから連れ出すということか」

忠司は目を瞠（みは）った。それが事実であれば、河越家は義経の味方などではなかったことになる。

「そうだろう。このことは京へ発つ前の畠山殿から直に聞いた。さらに、河越殿はこうもおっしゃったそうな。郷姫を取り戻してくれたらどんな願いでも聞いてやる、と——」

娘の無事を願う親の必死の思いなのだろうと、忠司は思ったが、惟宗三郎の考えは違った。

「畠山殿は幼なじみの郷姫を想っておられたようだ。判官殿と郷姫の縁談が起こり、入り込む余地もなくなってしまったが、想う気持ちは失せていなかったのだろう。河越殿もそれを知って、畠山殿にあえて頼んだのだ。郷姫を取り戻してくれたら、お前に娘をくれてやろう、と——」

「それでは、畠山殿はそのつもりで京へ行ったということか」

「そうなのだろう。上洛する旨を菅谷館へ知らせることさえ忘れてしまうほど、そのことだけに心をとらわれていたに違いない」

「それで、畠山殿は郷姫を救い出せたのか」

忠司は前のめりになって尋ねた。

「それは知らん」

惟宗三郎は忠司の焦りを受け流すように、淡々と答える。

「だが、救い出せたならすぐに鎌倉に引き返してきただろう。そうなっていれば、河越殿や小太郎殿も助かっていたかもしれん」

「郷姫が戻っていたら、河越殿は助かっていた……？」

「そうとは限らないが、少なくとも河越殿が判官殿の謀反に加担していない証にはなったかもしれぬ。しかし、郷姫は戻らなかった。畠山殿とは別に、鎌倉からも探索の兵が送られたが、その知らせによれば、郷姫は行方知れずらしい。判官殿と共に旅立ったわけでないことはその後、分かったのだが……」

　義経の逃避行に従ったのは静という白拍子の女で、その静が義経と別れて吉野山にいるところを発見されたという。そして、その静の証言から、郷が義経と一緒でなかったことは分かったのだが、その後も郷が発見されたという知らせは届いていないそうだ。

「畠山殿にはできるだけ早く鎌倉に戻ってきてもらわねばならぬ。もちろん、判官殿の探索という名目で京に滞在しているのだろうが、河越殿が粛清された今、その意向を受けて京へ出向いたなどと知られるわけにはいかない」

　惟宗三郎は言った。

「河越殿と畠山殿との間にあった依頼と約束の話は、貞姫には知らせぬ方がよいと思ってな」

そう続けた惟宗三郎の言葉に、忠司は深くうなずいた。情に流されぬ平坦な物言いは相変わらずだが、惟宗三郎は重忠のことも貞のこともしっかり考えてくれている。そのことがよく分かった。

「畠山殿には早く帰るよう、私からも使者を送った。だが、貞姫からも帰ってきてくれるよう言い送れば、その気になるかもしれん」

「分かった。俺から折を見て、姫君にお勧めしてみよう」

忠司が言うと、惟宗三郎はほっとした様子で息を吐いた。

「うむ、そうしてくれ。私から勧めても、反撥されてしまうだけだろうからな」

惟宗三郎が苦笑混じりに呟いた時、二人の足はちょうど厩に着いていた。

惟宗三郎が自らの愛馬を牽き出してくるのを、忠司は厩の外で待つ。顔に冷たいものを感じて、空を振り仰ぐと、はらはらと白いものが舞うのが見えた。

「雪が降ってきたぞ」

忠司が声をかけると、馬を牽き出してきた惟宗三郎は空を仰ぎ、「ああ」と答えた。

「笠の用意はあるまい」

「このくらい急いで駆ければ、どうということはない」

惟宗三郎は答え、「ここから馬で行かせてもらう」と言い、馬に跨った。

「早く館へ戻れ。雪の中、すまなかった」

「いや、貴殿こそ気をつけて行かれよ」

惟宗三郎が馬を走らせていくのを、忠司はその場で見送った。

義経の逃亡、河越家の粛清――穏やかだとばかり思っていた菅谷館は一転、不穏なものを抱え込んでしまったようだ。曇天から舞い落ちる粉雪は、忠司の心を重苦しく沈ませるものでしかなかった。

二

間もなく年が替わり、重忠は京から菅谷館へ帰ってきた。河越家の当主重頼が殺されたことにより、秩父平氏棟梁の証とも言うべき武蔵国惣検校職は重忠が引き継ぐことになった。

河越重頼の娘で、義経の妻となっていた郷はいまだ行方知れずのままである。

そんな一月下旬のある日、貞と副将はいつものように辻の地蔵尊を拝みに出かけた。忠司も従者も女房も付き添ってはいない。二人とも毎日のことで慣れていたし、時刻が夕方に近いとか、たまたま一人で出かけることになったとか、そういう時でなければ、付き添いを付けないことも多かった。

「貞の兄君は帰ってきてからというもの、元気がないのう」

副将が貞を見上げながら呟く。

「はい。やはり、河越家に対する処分がつらかったのでございましょう。河越と畠山は秩父平氏棟梁の座をめぐって、敵対したこともありましたが、やはり同じ一族でございますから」

「うむ。一族の者が倒されるつらさはよう分かる」

副将は目を下に向けて言った。

「若君……」

「それに、河越の小太郎は私もよう知っている。私や乳母たちを捕らえていた侍だが、よう世話をしてくれた。私を助けてくれたことも今では分かっている」

「さようでございましたね。小太郎殿は兄や私の親族で、惟宗三郎殿のお従弟でもございます」

「そうか。では、今日は小太郎の冥福を祈ることにしよう」

副将の言葉に、貞は深くうなずいた。

菅谷館の門を出てからほどなくすると、一つ目の辻がある。それを通り過ぎて、二つ目の辻が地蔵尊の祀られた場所であった。

貞と副将は、野ざらしの地蔵尊の前に屈んで手を合わせた。

（どうか、河越殿と小太郎殿が成仏なされますように。郷殿が判官殿と再会し、添い遂げられますように。兄上がお元気になられますように）

貞は心をこめて祈った。

目を開けると、副将もちょうど祈りを終えたところで、二人は目を見交わし、立ち上がった。その時、貞たちが歩いてきた道とは別の道を、辻へ向かって歩いてくる人影があった。

「忠司か……」

副将が驚いた様子で呟いた。

確かに近付くにつれ、その人物は忠司に見えた。顔立ちも背格好も、よく知る忠司と同じである。

だが、身に着けている装束が違った。忠司は出家したわけではないそうだが、わけあって髻（もとどり）を落としたとのことで、ふだんは僧衣を着ている。一方、目の前の男は山伏のような白装束に身を包んでいた。

（まさか、松原さまは山伏の修行のため、菅谷館を去るおつもりなのかしら）

貞の心にまず浮かんだ考えはそれであった。

忠司が播磨国の出身で、壇ノ浦の合戦前に義経の軍に加えられたことは聞いている。義経に仕える荒法師、弁慶に似ているという話も聞いていたが、貞自身は弁慶を見たことがないので、どのくらい似ているのかは分からない。

その後、副将を助けたいと申し出て、自ら護衛役を買って出たというが、それ以外のことはほとんど何も知らなかった。播磨で何をしていたのか、なぜ義経の軍の近くにやって来たのか。

兄の重忠に尋ねたこともあるが、兄も忠司の過去についてはよく知らないということだった。「何か事情があるのだろう。本人が話す気になってくれるまでは、むやみに知りたがるものではない」と言われ、貞は兄の考えに従った。

惟宗三郎が忠司の身につけている「柔術」に興味を示し、根掘り葉掘り訊いていることは知っている。そればかりでなく、惟宗三郎は忠司自身の過去にも関心があるのではないかと、貞は推測していた。これは、と思うもののことはとことん追求したくなるのだろう。それだけ忠司のことが気に入っているのだと思われたが、その気持ちは貞にも分かる。

貞も忠司のことを好ましい人だと思っていた。

だが、恋しい、慕わしい、とは違う。副将から「忠司を好きか」と問われた時は、本人が目の前にいたのでうろたえてしまったが、変なふうに誤解されていないだろうか。その後、忠司が貞に対する態度を変えることはなかったが……。

いずれにしても、忠司が急に菅谷館を去るという想像は、貞には受け容れがたいものであった。

(若君だって、どれほど悲しまれることか)

何とかして忠司を引き止めねばならないと、貞は思った。

「松原さま……」

そう呼びかけつつ、貞は一歩、山伏の男に近付こうとした。

「待て、貞」

貞を引き止めたのは、副将の大きな声であった。

「その者は忠司ではないっ」

副将は前に飛び出すや、山伏の男を見上げながら、貞を庇うように両腕を広げた。

「この者はおそらく弁慶という者だ。遠目にしか見たことはないが、忠司によく似ていると聞いている」

「え、この方が松原さまではない……？」

貞がまじまじと山伏の男を見つめながら呟くと、

「ほう、よう分かりましたな」

と、山伏の男がうっすらと笑った。声も似ているように思うが、男が忠司でないということは分かった。どことなく獰猛そうな笑みも、他人行儀な物言いも、忠司のものではない。

「貞姫でいらっしゃいますな。姫の素性は存じております。ゆえに拙僧の役に立っていただきたい」

山伏の男はゆっくりと噛んで含めるように告げた。だが、役に立つとはどういうことか、まるで分からない。

「貞、逃げよ」

副将の叫ぶ声が聞こえたが、貞の足はまったく動かなかった。

「貞っ！」

副将の焦った声がさらに迫ってきても、足は凍り付いたままであった。

「若君、勇ましくていらっしゃいますな。さすがは平家棟梁のご子息であらせられる」

山伏は副将に声をかけながら、ゆっくりと間を詰めてきた。副将の素性を知っているということは、やはり本物の弁慶なのか。そんなふうに頭は冷静な判断を下すこともできるというのに、なぜか体はまったく頭の言うことを聞かない。

「若君に手を出すつもりはござらぬ。姫さえ拙僧と共に来てくださるのならば」

山伏——弁慶の目はしっかりと貞をとらえていた。その言うことも、今度は完全に理解できた。貞さえ弁慶に従えば、副将は助けてもらえる。ならば、迷うことなど何一つない。

貞が気を落ち着け、口を開こうとした時であった。

「貞を行かせはせぬ」

副将がそう叫びざま、弁慶に向かって飛び出していった。

「若君っ」

貞は声を上げた。

副将は弁慶の脛に手刀を叩きつけた。体の小さい副将が大柄な相手に立ち向かう時には、足の脛を狙えばよいと忠司から教えられていたのだろう。忠司を相手に、副将がその鍛錬をしているのを、貞も見物させてもらったことがあった。

だが、その時は棒を使っていた。副将の素手ではいかに急所といえど、相手を手負いにまで追い込むことは難しかろう。せめて、二人が菅谷館まで逃げ帰るだけの隙さえ作れればよいのだが……。

「くっ」

弁慶の口から、呻き声が漏れた。

(まさか)

副将の攻撃が功を奏したということか。貞の心は希望で膨れ上がった。すぐさま副将の手を取り、駆け出そうとした時、

「させるかっ!」

弁慶の怒号が耳を打った。そして、副将の体は貞がその手を取るより先に、弁慶の片腕に捕らえられてしまっていた。

弁慶は副将の上半身をしっかり両手で押さえると、軽い荷物でも持ち上げるように左の肩に抱えてしまった。

「は、放せ。放さぬか」

副将は我に返って叫んでいたが、しっかりと抱えられた体はびくともしない。

手足は動かすことができたものの、その拳で弁慶の背を叩いたところで何の甲斐もなかった。

「こうなっては致し方なし。若君をお連れしますが、姫よ、あなたも一緒に来てくださるな」

弁慶の言葉に、「貞よ、こやつの申すことを聞いてはならぬ。今すぐ館へ戻れ」と副将が叫んだ。

「姫が来てくださらなければ、若君の無事はお約束できぬ。されど、姫が来てくださるのなら、お二人の身に傷をつけぬことはお約束しよう。拙僧は姫の兄君に用があるだけなのでな」

弁慶の脅しの言葉が貞の胸に深く沈み込んだ。

もちろん、断るなどという答えはあり得ない。

「分かりました。若君のことは決して傷つけないでください」

自分でも不思議になるくらい、落ち着いた声が出た。

「貞、どうしてそのように……」

副将が暴れるのをやめ、泣き出しそうな声を出す。

「若君、嘆かないでください。私もご一緒いたします。ですから、もうおとなしくなさって」

二人で乗り越えましょう——その言葉は口には出さず、胸の中だけで唱える。

副将はくすんと鼻を鳴らし、おとなしくなった。

「では、姫のお言葉を信じ、拘束はせぬ。拙僧についてきてくだされ」

弁慶は来た道を戻り始めた。菅谷館から離れていく道だ。

だが、きっと兄が助けてくれる。忠司もいる。

（三郎さまは……）

惟宗三郎の顔が浮かんだ時、今は鎌倉にいたのだったと、貞は思い至った。あの人はこの話を聞いたら心配してくれるだろうか。それとも、従者も付けずに館の外へ行くなど不用心に過ぎる、自業自得だと言うのだろうか。

（どちらにしても、三郎さまが駆けつけてくださることはないわ）

貞は惟宗三郎の面影を追い払い、兄と忠司の顔を思い浮かべ、どうか助けてくださいと懸命に祈った。

だが、三郎の面影はどういうわけか、なかなか消えてくれなかった。

貞と副将の不在に気づいた菅谷館の侍や女房たちが騒ぎ出したのは、それから半刻ほど後のことである。

辻の地蔵へお参りに行ったのであろうとはすぐに予測できたので、侍たちが辻へ様子を見に行ったが、貞たちの姿はない。

侍たちは慌てて引き返し、重忠や忠司にも話が伝えられ、菅谷館の中からその周辺まで探索が行われたが、二人の姿は見つからなかった。

そんな菅谷館に訪問客があったのは、探索が始まってから一刻ほども経った頃。畠山荘に暮らす農家の子供であった。辻で遊んでいたところ、菅谷館に書状を届けてほしいと頼まれ、引き受けたのだという。

「山伏のような格好をした大男でした」

門番の侍に書状を差し出した子供は、ちょうどその時、館の周辺を探索して戻ってきた忠司を見かけ、「あれ」と声を上げた。

「どうしたのだ」

門番の侍が問うと、

「この書状を渡してくれたの、あの人……」

と、子供は忠司を指さしつつ、「あれ、違ったかな」と首をかしげている。

忠司もこのやり取りに気づき、子供のそばへ寄ったのだが、

「松原殿、この子に見覚えは？」

と、門番の侍から訊かれ、「いや、知らぬ」と答えた。門番は子供へと目を戻し、

「おぬしは先ほど、山伏の格好をした大男から、と申していたが……」

と、再び問いかける。

「そうです。着ているものが違うけど、でも、そのお坊さまによく似ていました」

子供は忠司を僧侶と思って、そんなふうに言った。

（俺に似ている山伏の格好をした大男――）

思い当たるのは弁慶しかいない。その大男から重忠への書状を受け取ったと聞き、忠司は自分が重忠のもとへ届けようと申し出た。

館の母屋で、侍たちの報告を受けている重忠のもとへ走る間、気が急（せ）いて仕方なかった。

「畠山殿に宛てた書状を、近隣の子供が山伏ふうの大男に託されたそうだ」

書状を差し出しつつ知らせると、重忠は顔色を変え、すぐにそれを広げ始めた。

その間、忠司は「弁慶殿のしわざかと存ずる」と重忠に耳打ちする。

「何だと」

顔色を変えつつも、重忠は手を止めなかった。やがて、広げられた書状には、

「三日後の夜、丑（うし）の刻、鬼鎮（きぢん）神社へ参られたし。畠山殿、松原殿、惟宗三郎殿、お三方欠くることなきを乞う。さすれば、姫君、若君、帰館したまわん」

と、力強い筆致で記されていた。

重忠、忠司、惟宗三郎の誰が欠けてもならない。三人がそろって鬼鎮神社へ出向けば、貞と副将は菅谷館へ帰ることが叶うだろう、と――。

書状の端を握る重忠の手に力がこめられた。

「鎌倉の三郎殿へすぐに使者を立てよう。万難を排して来られたし、と――」

忠司は強張った表情のまま、無言でうなずき返した。

三

貞と副将がさらわれたその日のうちに、鎌倉へ早馬が立てられた。そして、翌日には、惟宗三郎は菅谷館へ駆け込んできた。

「貞姫の身が危ういとは、いかなることだ」

重忠の顔を見るなり、惟宗三郎はいきなり叫んだ。その場にいた忠司にとって、初めて見る惟宗三郎の激しい動揺ぶり。

(惟宗三郎殿はこんな顔もなさるのだな)

ふだんの冷静な澄まし顔はどこにもない。烏帽子からはみ出た髪は乱れ、狩衣(かりぎぬ)も埃(ほこり)まみれであったが、気にするそぶりもない。鎌倉からただひたすら馬を走らせ、いつも宿所としている比企家の館にも立ち寄ることなく、そのまま菅谷館へ駆けつけたのは明らかであった。

「貞はさらわれたのだ。若君も一緒だ」

重忠は惟宗三郎に告げた。

「さらわれただと!」

書状にはそこまでのことは書かれていなかったのだろう、惟宗三郎は目を剝(む)いた。

「では、今も貞姫は悪党のもとに捕らわれているというのか」

惟宗三郎はあえぐような声で呟いた。

「さらった相手はおおよそ見当がついている。貞や若君の身が害されることはないと思われるゆえ」

「何をのんきなことを言っている！」

惟宗三郎は重忠の言葉を遮り、険しい眼差しを向けた。

「まあ、話を聞け。書状には書けなかったことを伝える」

重忠は惟宗三郎に座るよう勧め、鎌倉からの道中を労った上、貞と副将がさらわれてからのことを話した。さらった者が名乗ったわけではないが、書状を託された子供の話などから、相手は弁慶と考えられることも伝えた上、

「今、我らにできるのは、ここに記された日時に、鬼鎮神社に参ることとだけだろう」

と、重忠は言った。

「鬼鎮神社とは、この館の鬼門に建っている社だな」

気を静めるように、惟宗三郎が訊き返す。

「うむ。無論、社はすでに検めたが、貞たちを見つけ出すことはできず、怪しい者の出入りもなかった。貞たちは別の場所に捕らわれており、約束の日時に弁慶殿がやって来るのだろう」

今のところ、こちらから意を伝える術はないので、他にやれることはなかった。

「我々と共に鬼鎮神社に参ってくれるな」

最後に尋ねた重忠の問いに、「無論だ」と惟宗三郎は無愛想に答えた。

「それにしても、畠山殿と松原殿がついていながら、何ゆえむざむざ……」

惟宗三郎は言わずにはおれぬという様子で呟いた。

忠司も返す言葉がない。どうして貞と副将を二人だけで行かせてしまったのか。お参りは二人の日課であり、それまでも二人だけで出かけることがあったから大丈夫と、高をくくっていた。そうした気のゆるみに付け込まれてしまったのだ。

(もし、姫君と若君の身に何かあったら、俺は死んで詫びるしかない)

いや、そうしたところで、惟宗三郎は許してはくれないだろう。蒼ざめたその顔を見やりつつ、忠司はひそかに思った。

(弁慶殿、どうか姫君と若君を無事に返してくれ)

心の底からそう祈った。

鬼鎮神社は菅谷館の鬼門――北東に建つ社である。菅谷館は南側の門の周辺には築地が築かれているが、低木の垣根がその境となっているところもあり、そもそも外との境の標(しるし)がないところさえある。
館の北東側には小高い丘があるのだが、「鬼門の丘」と呼ばれ、それが菅谷館の境目のように見なされていた。丘を越えたところに鳥居が築かれており、鬼鎮神社の参道へと至る。

指定された日は、夜が明ければ二月朔日（ついたち）となる日であった。月も見えない夜、辺りは真っ暗である。明かりがなくては足もともおぼつかないというので、重忠は松明を二つ用意していた。

三人は、松明を持つ重忠を先頭に、惟宗三郎がその後ろに続き、最後をもう一つの松明を持つ忠司が守る形で、菅谷館の北東へと進んだ。

重忠と惟宗三郎は太刀を持ち、忠司は薙刀に加えて、棒を懐に隠し持っている。松明があるお蔭で、何とか足もとだけは見て取れるが、ほんの数歩先はもう濃い闇の中であった。

昼間来た時には、どうということもない低い丘を、三人は無言でゆっくりと登った。一歩一歩、踏み締めるようなその歩みは、実際には大した時もかかっていまいに、忠司にはたいそう長く感じられた。

いつまで続くのかと思った頃、

「ここから下（くだ）りだ」

と、重忠の声がかけられた。

忠司はうつむけていた顔を上げた。そこは丘のてっぺんだった。夜空は墨を流したように黒々と広がっており、遮るものが何もないせいか、寒風がまともに頰に吹きつけてきた。

地上へ目を戻すと、松明の明かりだけがぼうっと光っており、それ以外は闇であった。その松明の明かりさえ、巨大な闇に呑み込まれてしまうのではないかと錯覚される。

「進んでくれ」

惟宗三郎が重忠を促し、忠司も深くうなずいて見せた。

重忠は再び松明で足もとを照らしつつ、丘を下りていく。忠司は薙刀を握る手に力をこめ、慎重に足を進めた。

やがて、一行は鬼鎮神社の鳥居へ到着した。無言でそれを潜(くぐ)り抜け、奥の本殿へと向かう。夜は神職も不在であったから、しんと静まり返っていた。

約束の丑の刻とは、夜九つ半から八つ半（午前一時から三時）のあたりである。夜九つ半には社へ到着するように出てきたのだから、こちらの方が早く着いたものか。

忠司たちは本殿の前に陣取ると、三人で背中合わせに立ち、周囲に目を配った。

しばらくそうして無言の警戒をしていたが、やがて、参道を進んでくる者の気配を察した重忠が、松明の火を高く掲げた。

相手は明かりもない中、まっすぐ本殿へと進んでくる。

「弁慶殿っ！」

重忠が真っ先に声を上げた。

「貞と若君をさらったのはあなただったのか」

重忠の問いかけに答えもせず、弁慶は歩み続ける。聞いていた通りの山伏の格好で、忠司と同じく薙刀を手にしていた。無言で進んでくるその姿は威圧するようにも見え、

「止まれっ」

と、惟宗三郎が太刀の柄を握り締めつつ、声を放った。

弁慶は言われた通り、その場に足を止めた。

「判官殿の股肱の臣として名高いあなたが、何ゆえ、かどわかしなどという卑怯な真似をなさった」

重忠が詰問する。

すると、弁慶は薙刀を地に伏せるなり、土下座して頭を下げた。

「まことにもって、申し訳ないことをいたした」

人質を取って無謀な要求を突きつけようという悪党の態度ではない。重忠と忠司は目と目を見交わした。惟宗三郎だけは弁慶からただの一度も目をそらさなかった。

「どういうことか、分かるように説いてください」

重忠が申し出ると、弁慶は顔を上げ、「拙僧の頼みを聞いていただくには、こうする他なく」と無念さと申し訳なさの入り混じった声で言う。

それから、表情を改めると、再び深々と頭を下げ、

「どうか、お三方。我が殿と一緒に奥州へ下っていただきたい」

と、一気に告げた。

「お三方のお力添えがあれば、殿は鎌倉殿と互角以上に戦える。兵を連れてきてほしいとは申さぬ。ただ身一つで来てくだされば――」

「何を身勝手な。まずは、貞姫と若君が無事であるのかどうか、お二人をどうするつもりなのか、それを我々に知らせるべきであろう」

惟宗三郎が非難の声を上げると、弁慶はすかさず「まことに申し訳なかった」と己の非を認めた。

「お二方はご無事である。場所は言えぬが、ご不便なきよう、できるだけのお世話をさせていただいている。殿の北の方さまもご一緒と申し上げれば、安堵していただけようか」

義経の北の方とは、河越家出身の郷のことであった。その言葉に、重忠が顔色を変えた。

「郷姫は今、判官殿や弁慶殿とご一緒なのだな。そして、そこに貞と若君もおられると――」

「無論、貞姫と若君はお返しいたす。もとより、若君をさらうつもりはなく、貞姫もお返しするつもりであった」

弁慶の言葉に、重忠は考え込む表情になった。

「これは、判官殿もご承知の策なのか」

惟宗三郎が弁慶に鋭く問う。弁慶は無言を通した。

「判官殿や北の方にどう言い訳したのか知らぬが、いずれにしても、この暴挙は弁慶殿お一人の考えで始めたことなのだろう」

惟宗三郎は自らの解釈をもとに、話を先に進めた。

「このようなことが鎌倉に知られたら、判官殿の評判はいっそう下がる。弁慶殿は主人の身をいっそう危ういものにしているのだぞ」

「今さら、鎌倉の評判なぞ、誰が気にしようか」

それまでひたすら頼み込む調子だった弁慶の態度が、不意に変わった。まるで居直ったような態度で、挑むように惟宗三郎を見据えている。

「どれほど誠実に振る舞おうと、鎌倉殿は我が殿を信じてはくださらなかった。ならば、今さら何の誠実ぞ。いかに非難されようとかまわぬ。拙僧はただ我が殿をお守りすることのみを考えて動くと決めた」

弁慶の物言いは揺るぎないものであった。

「鎌倉殿は河越殿を処断したと聞き申した。誓って言うが、我が殿は謀反など企んでおらぬし、河越殿と謀などもってのほか。鎌倉殿に逆らったことと申せば、法皇さまからの任官を受けたことと、副将殿をお助けしたことのみ。それをもって謀反と仰せならば、致し方ないが……」

副将を助けた謀ならば、重忠も忠司も関わっている。そして、巻き込まれた形ではあるが、惟宗三郎も関わってしまった。

そのことが義経の罪だというのなら、他の三名とて同じ罪人。無論、鎌倉には知られていないが、そこを衝かれれば、返す言葉はない。たとえば、弁慶が重忠たちを破滅させたいと思うのなら、副将のことを鎌倉へ知らせればよいのだ。三人はそろって捕縛され、副将もまた殺されてしまうだろう。

「それは、脅しか」

惟宗三郎が弁慶に険しい目を向ける。弁慶がそれに答えようと口を開きかけたその時、

「私が判官殿と共に行こう」

と、重忠が言った。

「何？」

惟宗三郎が驚きの声を上げる。忠司も目を瞠って重忠を見つめた。

「私が行くゆえ、この二人は勘弁してやってほしい。無論、貞と若君もお返し願いたい」

「おお、畠山殿が我が殿にお味方してくださるのであれば、まさに百人力というもの」

弁慶は、予想外に策が功を奏したことに驚いているふうであった。

「馬鹿を申すな。畠山家を河越家の二の舞にするつもりか」

惟宗三郎が重忠を叱りつけるように言った。

「いや、畠山家は貞に託す。私は行方知れずになったとでも、鎌倉には届けてくれ。その上で、三郎殿が貞を娶り、畠山家を継いでくれないか」

「何を愚かなことを……」

惟宗三郎は声を震わせた。

「愚かなことなどではない。三郎殿に貞を娶ってほしいとはずっと前から思っていたことだ。三郎殿は特に継がねばならぬ家もあるまい。源氏を名乗ることもなく、比企を継ぐこともあり得ない。惟宗の家とて、三郎殿にぜひ継いでくれとは言わぬだろう。ならば、畠山を継いでほしいのだ」

「さようなことは断じて承服できぬ」

「ならば、どうするのだ。このまま貞と若君を見捨てるというのか。あの二人がむざむざ奥州へ連れていかれるのを、黙って見過ごせ、と」

「これは弁慶殿の独断だ。判官殿に知られれば、むしろ弁慶殿が判官殿のお怒りを買うだろう。そうなる前に、弁慶殿は二人を解き放つはず。畠山殿が判官殿と北の方を助けたいと思うのなら、別のやり方でこっそり支援すればよい」

「私は河越殿と小太郎殿をお助けできず、郷姫を救い出してほしいという願いにもこたえられなかった。その罪を何とかして贖いたいのだ。郷姫が判官殿と添い遂げたいと願うのなら、それは河越殿のお望みとは違うが、致し方ない。亡き河越殿と小太郎殿への罪滅ぼしとして、せめて郷姫だけはお守りしたいと思う」

「貴殿は河越殿より、秩父平氏棟梁の座を譲り受ける形となったのではないのか。その座をいともあっさり捨て去ることを、本当に河越殿が望んでおられると思うのか」

重忠と惟宗三郎の考えは真っ向から対立し、互いに引き下がる気配を見せなかった。忠司が割って入る余地もない。

「弁慶殿」

その時、忠司は重忠と惟宗三郎に勝る大音声で、弁慶に呼びかけた。

「な、何事であろう」

弁慶も驚いた様子で、忠司に顔を向ける。重忠と惟宗三郎も突然のことに驚き、言い合いの声も中断していた。

「俺は弁慶殿にちなんで、今弁慶と呼ばれていたことがあってな」

「今弁慶……？」

弁慶が意外そうな声を上げた。

「さよう。自分で言うのも何だが、弁慶殿のごとく強き者と言われたのだと思っている。その名は俺の誇りでもあった。されど、人質を取って無理を強いるなど、およそ弁慶殿らしからぬ。まさに弁慶殿の名折れになろう」

忠司の言葉に、弁慶は不服そうな表情を浮かべたものの、無言を通した。

「本来の弁慶殿であれば、ここは勝負を挑むところではないのか」

「何、勝負？」

「さよう。俺は弁慶殿に一対一の勝負を求める。俺が勝てば、姫君と若君をお返し願おう。我らは誰も判官殿についてはいかぬ。弁慶殿が勝てば、少なくともこの今弁慶は共に参ろう。それで承知してもらいたい」

忠司を見つめる弁慶の目に、精気がよみがえってきた。

「よかろう。その勝負、この弁慶が受けて立つ」

弁慶は立ち上がるなり、力強い声で言い放った。

七章　朋有り遠方より来る

一

忠司と弁慶の一対一の勝負は三日後の二月四日、未の刻（午後一時から三時）と決まった。

勝負の行方がどうなろうとも、貞と副将は無事に返すと話がまとまったことを受け、弁慶はすぐに二人を菅谷館へ送り届けると誓った。その往復に二日はかかるというので、勝負は二人を返してもらった上、双方わだかまりを持たぬ形で行おう、となったのである。

「では、場所はすぐそこの菅谷館の北東、鬼門の丘でいかがであろう」

畠山重忠が勝負の場所を提案した。鬼門の丘は菅谷館の北東の端にあるから、館内の者たちにも気づかれまいと言う。

忠司も弁慶も承知し、約束の時刻には互いにここへ足を運ぶことを約束した。

「畠山殿と惟宗三郎殿には、勝負を見極める者として立ち会っていただきたい」

忠司の頼みに、重忠はすぐに承知したものの、惟宗三郎は押し黙ったままであった。断らないことで、しぶしぶ承知を示したという体である。

その晩はそうして話がまとまった後、弁慶は鬼鎮神社から去っていった。来た時同様、明かりも持たず、暗闇の中を進んでいく弁慶に、

「火をお渡ししようか」

と、持ちかけたのは重忠であった。

「貞姫をさらった男だぞ」

そのような輩にどうして親切にするのかと、惟宗三郎が重忠を咎めるように言った。

「その貞を帰してもらう前に、弁慶殿に何かあっては我らとて困る」

重忠がなだめるように言うと、惟宗三郎は腹立たしそうに横を向いた。ふだん冷静そのものと見える惟宗三郎が、今度の一件だけはいつものように振る舞えないでいる。その理由が何によるものか、忠司はもう分かっているつもりであった。

「間もなく夜も明けるであろうから、大事ござらぬ。無論、お二方をお返しするまで、我が身の無事には気を配る」

弁慶は重忠の申し出を丁重に謝絶した。

「俺との勝負まで、無事でいてもらわねばならぬからな」

忠司が言い添えると、弁慶は「さよう」とうなずき、静かに背を向けて去っていった。

それから、三人も無言で来た道を引き返し、菅谷館へと帰り着いた。

春のこととはいえ、真夜中の外は冷えている。外にいる間はまったく自覚していなかったが、館の中へ入ると、思いがけない暖かさに肌の強張り（こわばり）が解け（ほどけ）ていくようであった。

まだ夜は明けていないが、気持ちの昂り（たかぶり）は続いていたから、今さら横になる気にもなれない。三人は灯台の明かりの下、誰が言うともなく部屋に集まって車座になった。

「松原殿」

腰を落ち着けてから、初めに口を開いたのは重忠であった。

「本来ならば、貞の兄である私が弁慶殿と勝負せねばならないところ、松原殿にすべてを押し付けるような形となり、面目ない」

重忠は体ごと忠司に向き直って、頭を下げた。

「いや、俺が言い出したことゆえ、気にしないでくれ」

「だが、敗れれば、弁慶殿と共に行かねばならぬのだぞ」

「まだ敗れると決まったわけではない」

忠司が笑みを滲ませて言うと、「や、これは失言をいたした」と重忠は謝った。

「だが、松原殿があのように言い出したのは、私が先に弁慶殿に従うと申したせいであろう。松原殿は私の代わりにならんとして――」

「畠山殿はこの館と侍たちを守らねばならぬ立場であろう。片や、俺には守らねばならぬ何ものもない。仮に敗れたとして、弁慶殿に従わねばならぬことになっても、誰も困りはせぬ」

忠司は迷いのない口ぶりで言った。

「しかし、今のままでは勝っても負けても、松原殿に益がないであろう」

重忠が困惑した眼差しを忠司に向けて言う。

「それならば、畠山殿にお願いしたき儀がある」

忠司は居住まいを正した。

「他ならぬ松原殿の願いとあれば、できる限り、お応えしたいと思うが」

「俺が……いや、私が弁慶殿と戦って勝った暁には、姫君をいただきとうござる」

言葉遣いも改めて、忠司は告げた。

「何、貞を……」

重忠の表情に困惑の色が浮かんだ。

忠司は重忠の顔色を見定めてから、ちらと惟宗三郎に目を向けた。こちらは無言であったが、引き結んだ口もとには不服の心情がうかがえた。

「勝てば、俺は弁慶殿についていかずともよい。武蔵国に残るも、別の土地へ移るも、姫君の望むままにして差し上げられる」

「それは、私としては……喜ばしい申し出だが、貞の言い分も聞いてみないことには……」

重忠が何度かつかえながら、返事をした。

「もちろん、姫君が嫌というものを無理にとは言わぬ。ただ、姫君が承知してくださった時、畠山のご当主として反対しないでいただければ——」

「では、貞が否と言えば、松原殿はこの願いを取り下げると言うのか」

「それは無論。嫌というものを無理に娶るわけにはいくまい」

忠司は苦笑を浮かべた。

「ただ、先ほどお聞きしたように、畠山殿は妹姫を惟宗三郎殿に娶せたいと考えておられるようだったので、このことをお話ししておきたかった」

「そういうことか」

重忠は納得の表情を浮かべた後、惟宗三郎をちらと見つめた。惟宗三郎は口を引き結んだままである。

「惟宗三郎殿も聞いておられたろう。俺は弁慶殿に勝ったなら、姫君にこのこと、お伝えするつもりだ。それでよろしいな」

惟宗三郎は忠司を鋭い目で見据えてきた。

「初めから、その思惑あって一対一の勝負を願い出たのか」

「そうだとしたら、何かいけないことでもあるのか」

忠司は平然と訊き返した。

「自分を助けるために勝負に挑んだ男が、その勝利と引き換えに、妻になってくれと願い出る。女がそれを断りにくいことくらい、百も承知であろう」

惟宗三郎の声には憤りが滲んでおり、忠司の予想通り、日頃の冷静さを保つことはできぬようであった。

「女が断りにくい状況をあえて用意し、妻になってくれと願うのは、汚いやり方だとでも？」

忠司は惟宗三郎の目をじっと見つめて問いただした。惟宗三郎は不愉快そうに目をそらしただけで、返事はしない。

「ならば、この勝負、貴殿にお譲りいたそうか」

忠司は惟宗三郎から目を離さず、続けて言った。

「何？」

惟宗三郎がこれまで見せたこともない驚愕の表情を忠司に向けた。

「弁慶殿に勝ったら、貴殿が姫君を娶ればいい。代わりに、負けたら弁慶殿に従うのだ。それならば公平であり、弁慶殿とて否とは言うまい。むしろ奥州へ連れていくなら、俺より貴殿の方がいいと思うのではあるまいか」

「鎌倉殿との交渉に私を使うというわけか」

投げやりな物言いで、惟宗三郎は言う。

「判官殿にとって利があるとは思えぬがな。一方、私は鎌倉殿から謀反人として扱われ、判官殿もろとも抹殺されるというわけだ」

「負けると決まったわけではない。勝てば、貴殿はこのまま鎌倉殿の庇護のもと、姫君を娶り、畠山家と姻戚になれる」

「私ごときが、あの弁慶殿に勝てるはずがなかろう」

惟宗三郎は不機嫌そうに言い捨てた。

「ならば、口を挟まないでいただこう」

忠司は声に力をこめて言った。

「何だと」

「弁慶殿に勝てぬと言うなら、貴殿は俺にも勝てぬということだ。勝負から降りる者が口を挟むのは、道理に合わぬと思うが」

惟宗三郎は激しい眼差しになったものの、抗弁はしなかった。しばらく黙っていたが、

「そうだな」

と、自分に言い聞かせるように呟く。

「確かに、貴殿の言う通りだ。私は貴殿にも弁慶殿にも勝てる気がしない。そして、勝てない勝負に挑むつもりもない。ならば、口をつぐむしかあるまいな」

惟宗三郎の声は語るにつれ、皮肉にまみれ、陰にこもっていくようであった。

「おい、三郎殿」

重忠が見かねた様子で口を挟む。だが、惟宗三郎は重忠には目もくれず、忠司に目を据えたまま、言葉を継いだ。

「では、別のことを話そう。私はずっと松原殿に尋ねたいと思っていたことがあった」

言い逃れは決して許さぬという眼差しの強さに、忠司も腹を据えた。

「お聞きしよう」

貞に対する気持ちの真剣さを確かめにくるか。それとも、忠司の素性のあいまいさを衝いてくるか。ある程度の覚悟はしていたつもりだが、

「貴殿はいったい何者なのだ」

のっけから、核心を衝く問いが飛んできた。だが、真実を答えたところで、信じてもらえないことに関しては、答えようがない。

「何者と言われても……」

忠司はひとまず受け流した。惟宗三郎はかまわずしゃべり続ける。

「播磨から来たというのも、京で暮らしていたというのも、丸きり嘘とは思えぬが、私はずっと腑に落ちなかった」

嘘ではないが本当でもない――惟宗三郎の言葉はまさに真実を衝いている。だが、この言葉はこれまでずっと、惟宗三郎から疑いの目を向けられていたということでもあった。

「私は……とある推測を抱いた」

惟宗三郎の声がかすかに震えた。

「貴殿はもしや、今より後の世から来た……いや、何らかの形で後の世を知る者ではないのか」

忠司は目を剝いた。惟宗三郎は忠司から目をそらさない。

「何を言うのだ、三郎殿」

息を呑む忠司に代わって、口を開いたのは重忠であった。重忠もまた、惟宗三郎の言葉に驚いたようではあったが、すでにその驚きからは冷めているようである。

「突飛なことを言っているのは分かっている。ふつうに考えれば世迷言だ」

惟宗三郎は忠司に目を向けたまま、重忠に言った。

「だが、いくつもの不思議なことがあった。一つめは、壇ノ浦の合戦の際、水主を射るという判官殿にしか思いつかぬ奇襲を、判官殿が口に出す前から知っていた」

「それは、松原殿が判官殿に匹敵する戦略家たる証であって、後の世云々という話ではあるまい」

重忠が惟宗三郎の言葉に押しかぶせる。

「無論、それだけならば、畠山殿のおっしゃる通りだ。その時は私もそう思った。だが、その後、松原殿は壬生寺というありもしない寺の名を口にした。私が京にくわしくないと考えたようだが、京は私の生まれ育った土地。過去にそう呼ばれる寺がないことは調べた。嘘を吐いたのでなければ、松原殿は我らの知る京とは別の京で暮らしていたことになる。さらに、昨年の冬、判官殿が鎌倉殿の手勢に襲われたと私が話した時、判官殿の無事を問うこともせず、判官殿が無事であることを知っているかのような口ぶりであった」

「……」

「もしや、一年か二年後の世から、弁慶殿がやって来たのかと思ったこともある。だが、松原殿は弁慶殿とは別人だろう。ならば、もっと後の世から……」

「惟宗三郎殿」

忠司は何をどう言えばいいのか分からぬまま、声をかけていた。真実を話したくないと思うわけではない。いや、信じてくれる人がいるのであれば、むしろ話してしまいたかった。自分がたった一人で抱え続けてきた不可解さや理不尽さを理解してくれる人をずっと求めてきた。そんな人はこの世にいないだろうと思いながら――。

しかし、惟宗三郎は忠司が自ら明かさずとも、その真相をほぼ確実に見抜いてしまった。それならば――。

「いや、私は何を口走っているのか」

突然、惟宗三郎は忠司から目をそらすと、頭を重たげに横に振った。

「一晩寝ずに、あの緊張を強いられたのだ。無理もない」

重忠が惟宗三郎を労るように言った。惟宗三郎もその言葉に逆らいはしなかった。

「三郎殿はお帰りになる前に、ここで休んでいった方がよかろう。松原殿も休まれよ」

休息を勧める重忠の言葉に、忠司も惟宗三郎も従った。

忠司はいつもの曹司(ぞうし)に、惟宗三郎は空いている客用の曹司に、それぞれ向かった。結局、この時、忠司は真実を打ち明ける機をつかみそこねた。休息を取って目覚めた時にはもう陽も高くなっており、惟宗三郎は比企家の館へ帰ったという。

（あの時、打ち明けてしまうべきだったか）

それならば、信じてもらえたかもしれぬものを。

だが、その後、顔を合わせても、惟宗三郎はあの時の問いかけを持ち出すことはなく、忠司の方からも話を持ちかけることはできなかった。

そして、忠司と弁慶の勝負を明日に控えた日の昼過ぎ、貞と副将は無事な姿で菅谷館へ帰ってきたのであった。

二

貞と副将は二人だけで、菅谷館の門まで歩いてきたのだという。門番の侍が驚き、急いで二人を迎え入れると、重忠のもとへ知らせてきた。

その場にいた忠司と惟宗三郎も含め、三人は急いで館の戸口へと向かったが、途中の廊で二人と出くわした。

「兄上、ご心配をおかけいたしました」

貞が感極まった様子で涙ぐみながら挨拶する。

「忠司――」

副将はと言えば、さすがに心細い思いをしたのか、忠司の姿を見つけるなり、駆け寄ってきた。

「若君、よくぞご無事で」

忠司は武蔵国へ向かう道中、悪党に襲われた後そうしたように、屈んで副将の体を抱き締めた。

「ひどい目に遭わされたわけではないのじゃ。貞も判官の妻と仲良うしていた。されど、もう二度と忠司に会えないのではあるまいかと、私は心配だったのじゃ」

「もうご心配なさることはありません」

忠司は副将の背を撫でながら優しく告げた。

それから、皆で部屋へ落ち着き、ひとまず貞から話を聞く。

捕らわれていたのは武蔵国の外、上野国(こうずけ)あたりの寺のように思うが、はっきりしたことは分からなかったと貞は話した。帰る時にもしばらくの間は目隠しをされていたという。

「だが、郷姫と一緒だったのだろう。判官殿とはお会いしたのか」

重忠の問いかけに、貞は首を横に振った。

「いえ、判官殿とはお会いしませんでした。何でも、北陸辺りの有力者のもとへ、力添えを頼みに出かけておられたとか。郷殿とはしばらくぶりにたくさんのお話もいたしましたが、判官殿についてはあまり語っていただけませんでした」

「郷姫はお健やかだったのか」

「はい。少しやつれてはいらっしゃいましたが、判官殿と共に行くことはご自身でお決めになられたそうですし、旅寝の暮らしも受け容れておられました。ただ、この度のことはあまりに乱暴な振る舞いだと、郷殿は私たちに謝ってくださいました。もちろん、弁慶殿も謝ってくださいましたが……」

捕らわれていた間は拘束されていたわけでもなく、寺の住職一家の世話を受けつつ、伸びやかに過ごせたそうだ。郷は必ず二人を無事に返すと約束し、弁慶もまた、交渉がうまくいかなくとも二人に害を加えるつもりはないと、初めに誓ったという。

「ただ、判官殿の手勢があまりに少ないことを憂え、忠節心が高ずるあまり、このようなことをしてしまったと申しておられました」

と、貞は弁慶のこの度の暴挙の背景を語った。

「弁慶殿は兄上の勇名、三郎さまのお血筋、松原さまの知略を判官殿の陣営に迎え入れたかったのだとおっしゃいました。松原さまについては武勇ではないのかと、少し不思議に思ったのですが、壇ノ浦の合戦前に、判官殿と同じ戦略を口になさったそうですね。その松原さまの知略を弁慶殿はたいそう褒めておいででした。私と若君が、松原さまの武勇についてお話し申し上げると、それならばいっそう陣営に加わっていただきたいとも申されました」

その後、弁慶一人が菅谷館へ舞い戻り、重忠、惟宗三郎、忠司と交渉した時のやり取りも弁慶から聞いていると、貞は述べた。

「松原さまが弁慶殿と勝負をなさると聞きましたが」

貞の眼差しが忠司の方に流れてくる。

「その通りです」

と、忠司が答えると、

「忠司は負けたら、判官や弁慶と一緒に行くと聞いたが、まことなのか」

と、副将が忠司を見上げながら、不安そうに問いかけてきた。

「はい。そう約束したのは確かです。しかし、それは負けた時のことであって、むざむざ負けるつもりはありません」

忠司が力強く言うと、副将は大きくうなずいた。

「そうだな。忠司は強い。弁慶が強いのは私も戦ったから分かるが、忠司がむざむざやられるとは思えぬ」

「若君は弁慶殿と戦ったのですか」

その話は聞いていなかったので、忠司は驚いた。重忠や惟宗三郎も目を瞠(みは)っている。

「そうだ。負けてしまったがな」

副将は口惜しそうに言うが、そもそも勝つなどということはあり得ない。副将が弁慶相手にひるまず、立ち向かったというだけで立派なことであった。

「若君は私を逃がそうと、弁慶殿と戦ってくださったのです。弁慶殿を倒すことはできませんでしたが、そのお体の身軽さを生かして、弁慶殿の脛を打ち、隙を作ってくださいました。後で弁慶殿からお聞きしたことですが、脛を打たれた時は一瞬、動けなくなったとおっしゃっていました」

貞が副将の活躍ぶりを、ここぞとばかりに力説した。

「おお、脛を打つのがよいとお教えしたことを、しかと覚えていてくださったのですな」

「そうじゃ。されど、棒を持っていなかったのは残念だった。素手でなければ、もう少し痛手を与えられたと思うのだが……」

口とは裏腹に、副将は貞と忠司に褒められ、まんざらでもない顔つきである。

「若君のご活躍ぶり、これまで柔術をお教えしてきた甲斐がございました。しかし、その一件で、弁慶殿は脛が己の弱きところだと悟ったことでしょうな。次の戦いでは策を講じてくるかもしれませぬ」

「私が余計なことをしたせいで、忠司の戦いが不利になってしまったのか」

副将が急に表情を曇らせて訊く。

「いえ、大事ありません。私は私で、しかと勝てる策を考えますゆえ」

忠司が堂々と答える姿を、副将は頼もしいと思うふうであった。

「まこと、松原さまには何とお詫びとお礼を申し上げればよいのか」

貞は改めて忠司に頭を下げた。

「若君と私がこうして無事に返されたのも、松原さまが弁慶殿にそう申し出てくださったお蔭でございます。私の不注意から事を大きくし、大きなご迷惑をおかけしてしまい、本当に申し訳ございません」

「姫君、私だけが礼を言われてはこそばゆい。惟宗三郎殿は鎌倉に滞在中であったのに、急ぎこちらへ駆けつけてくださったのですぞ」

忠司の言葉に、貞はようやくしかと惟宗三郎に目を向けたものの、それまでも三郎を気にかけていたことに忠司は気づいていた。それなのに、惟宗三郎と目が合うや、貞は恥ずかしそうに目を伏せてしまった。

「三郎さまにもご迷惑をおかけしてしまいました。駆けつけてくださり、御礼申し上げます」

「私はただ畠山殿に呼ばれてやって来たまでだ。とにかく来いと言われただけで、こちらでどのような事態になっているのかは知らなかった」

惟宗三郎は日頃の彼と変わらぬ様子で答えた。

「だから、私に礼を言うには及ばぬ」

惟宗三郎の言葉は正確ではない。重忠はくわしいことは言わぬまでも、貞が危ういから来てほしいと知らせ、その言葉に突き動かされて、惟宗三郎は菅谷館へ駆けつけたのだ。

だが、そのことをここで暴くのは、惟宗三郎の面目を失わせるだけなので、忠司は黙っていた。重忠もあえて訂正する気配はない。

「いずれにしても、貞と若君が無事に返されてよかった。それも、松原殿と三郎殿のお蔭であることに間違いはない。松原殿は明日、弁慶殿との戦いを控え、準備もあろう。貞と若君は少し休んだ方がよい」

重忠がその場を取りまとめるように言い、その場は解散となった。

忠司はその足で館を出た。明日の勝負が行われる鬼門の丘へと向かい、少し体を動かすつもりであった。

「松原殿」

館を出たところで、惟宗三郎が声をかけてきた。

「明日は必ず勝ってくれ」

真剣な眼差しだった。

「勝てば、俺は姫君をもらうのだぞ。敗れれば、貴殿が姫君と添い遂げられるかもしれぬというのに、それでよいのか」

忠司が問い返すと、

「貴殿が敗れても、私は貞姫と添うことはできまい」

きっぱりと惟宗三郎は答えた。

「貞姫は、貴殿の犠牲の上に、自分だけの幸いを築こうとする人ではない。私も同じ気持ちだ」

それだけ言うと、忠司の返事は聞かず、惟宗三郎は歩き出した。忠司はしばらくその場から動かず、惟宗三郎の遠ざかっていく背を見送り続けた。

翌日の未の刻、忠司は重忠と惟宗三郎と共に鬼門の丘へ向かった。携えたのは、京から武蔵へ至る道中から使い続けている棒と短刀のみ。

「忠司、必ず勝ってまいれ」

副将からはそう励まされ、貞からは「ご武運を」と言葉をかけられた。

二人は鬼門の丘には立ち入らず、勝負が終わるまでの間、その近くで見守っているという。

忠司たちが丘へ出向くと、すでに丘のてっぺんに、山伏姿の弁慶が薙刀を手に待ち構えていた。

「お待たせして相すまぬ」

忠司が丘を登って挨拶すると、

「いや、ただ気を静めようと早く参っただけのこと」

と、弁慶はやや緊張した面持ちで答えた。

「それでは、ただちに始めようか」

忠司の言葉に、弁慶は「よかろう」と答え、薙刀でとんと地面を突いた。

「では、我ら二人が立ち会わせていただく。一方が戦えなくなった時、または降参を口にした時をもって、勝負ありと見なすということでよろしいか」

重忠の言葉に、忠司も弁慶も承知した。重忠と惟宗三郎はそれぞれ丘の北と南の中腹に立ち、勝負を見守るということであった。

鬼門の丘のてっぺんは土が削られ、平たくなっている。重忠と惟宗三郎が丘の中腹まで下りていくと、そのてっぺんの平地には忠司と弁慶の二人のみとなった。

「見れば、太刀も薙刀も持たず、それでよろしいのだな」

弁慶が薙刀を両手でかまえ、問うてきた。

「無論、入用なものは携えている」

忠司は言い、薙刀の間合いに入らぬ場所に、徒手でかまえた。左足を踏み出し、腰をやや低くする。

「では、双方、お名乗りを」

畠山重忠の声がかかった。

「我が名は武蔵坊弁慶、源九郎判官殿の一の家臣なり」

弁慶が大音声で名乗りを上げた。そうか、この時代は戦う前にこうして名乗りを上げるのだったと思い返しつつ、忠司も名乗り返す。

「我が名は松原忠司。今弁慶と呼ばれる者なり」

「おお、武蔵坊弁慶が今弁慶の相手となろう」

「ならば、今弁慶、いざ参る」

双方鋭くにらみ合った後、

「やあっ！」

弁慶が掛け声と共に、上段から一気に薙刀を振り下ろした。背後に跳んでそれを避けるも、すさまじい風が吹きつけてきたようだ。

忠司は弁慶の右側へ跳んだ。薙刀は右上から左下へ——袈裟懸けのように振り下ろされた。その直後、右側からの攻撃には対処しにくい。

忠司は帯に差した棒を手に、弁慶の右手首を打った。

「ううっ」

という呻き声が弁慶の口から上がったものの、薙刀はしっかりと握り締めたままである。

「うおおー」

傷ついた獣が逆上したかのように、弁慶は雄叫びを上げながら、体を回転させつつ、薙刀を水平に払った。

速い。忠司はとっさに地面に滑り込むような形で身を伏せ、刃を避けた。腕の力を使ってすばやく起き上がると、棒をかまえる。

弁慶の右足の向こう脛を狙って、忠司は棒を力いっぱい投げつけた。

弁慶はその動きを察し、棒を避けて跳ぶ。忠司はその背後へ回り込んだ。

すかさず、右の手刀を盆の窪へと振り下ろす。

「ぐうっ」

弁慶の口から、先ほどとは異なる気の抜けたような呻き声が漏れた。そして、そのまま弁慶は膝をついた。弁慶の手から離れ、倒れかかった薙刀を、忠司は左手で受け止める。

弁慶は膝をついた状態のまま、しばらく動かなかった。

丘の中腹にいた重忠と惟宗三郎が様子を見ながら丘を登ってくる。

「弁慶殿、もはや戦えぬということでよろしいのだな」

動かぬ弁慶へ、重忠が尋ねる。

その時、ようやく弁慶は右手で額を押さえながら、「ううむ」と声を上げた。

「大事ないか」

「……うう、何が起こったのか、よう分からぬ」

弁慶は頭を押さえたまま呟く。

「気を失うこともある首の後ろを打った。いかなる力自慢であっても、打たれればまともには戦えまい」

「首を打たれるとは不覚。刀を使われたら死んでいた」

弁慶は無念の言葉を吐いた後、ゆっくりと立ち上がり、忠司に向かって頭を下げた。

「拙僧の負けだ。まいり申した」

「では、この勝負、松原殿の勝ちと判ずる」

重忠が決闘の終わりを告げる。

忠司は手にしていた薙刀を弁慶に差し出した。

「弁慶殿に改めて申し上げたいことがある」

薙刀の柄を握り締めつつ、弁慶は「何でござろう」とやや緊張した面持ちで訊き返した。

「勝負はついた。それについての話は終わりだ。その上で申し上げたい。俺は弁慶殿と共に参り、判官殿のお役に立ちたいと思う」

「な、何と」

弁慶が目を見開き、忠司の顔を穴のあくほど見つめてくる。

「松原殿っ！」

その時、声を放ったのは惟宗三郎であった。

「貴殿はもしやこの先の判官殿がどうなるか、ご存じなのではないか」

惟宗三郎の目は真剣そのものだった。先日、忠司を問い詰めた時は、まだ自分の推測に自信が持てず、自分の考えこそがおかしいと思うふうであったが、今はそうした躊躇いも感じられない。

その通りだ――と、忠司は心の中で答えた。

（だが、俺はこの先、俺自身がどうなるのかは分からない。そして、俺が関わることで、この世界の進む道が変わることもあるのかもしれない）

副将が生き延びられたように。

ならば、義経とて分からないだろう。

「判官殿の進む道が楽なものだとは俺も思わない。だが、その先が危ういと分かっていても、進むべきだと思えば、俺は進む」

忠司がそう言い切った時、「忠司っ」という切羽詰まった声が耳を打った。目を向けると、貞と副将がこちらへ向かってくるところであった。

三

「忠司が行くなら、私も参る」

と、副将は必死の面持ちで言った。副将だけではなかった。忠司が戦いに勝ったにもかかわらず、弁慶と共に行こうとしているのを知った貞は、

「それならば、私も松原さまと共に参ります」

と、言い出した。

惟宗三郎は何も言わなかったが、その顔色は蒼ざめていた。そして、貞は惟宗三郎の方を一度も見ようとしなかった。

「姫君」

忠司はまず貞に目を向けた。

「ご自分の心を捻じ曲げて、投げやりになるなど姫君らしくもありませぬぞ」

「私は投げやりになどなっておりませぬ。それをおっしゃるのなら、松原さまの方こそ」

「私はむしろ、姫君の言葉に励まされ、この道を行こうと思っているのです。たとえ危ういことが待ち受けているとしても、姫君は進むとおっしゃった。私もそうしたいと思ったのです」

「ならば、私とて同じことではありませんか。私が進もうとしているのも、投げやりな気持ちからではなく、前を向いて進もうという気持ちからですのに」

忠司は懸命に訴える貞から惟宗三郎に目を移した。

「貴殿はどうして黙っている」

忠司は厳しい声で問うた。惟宗三郎は目を上げると、

「貴殿はいつもそうして、上段にかまえて物を言うのだな」

と、いきなり声を荒らげた。いつにない惟宗三郎の様子に、貞が目を瞠っている。

「私に何をさせようと言うのだ」

「何、たやすいことだ。道の先に危ういことが待ち受けていると恐れ、大事な人を巻き込むまいと構えるのをやめよと言っている」

忠司の言葉に、惟宗三郎は黙り込んだ。

「何の話をしておられるのですか」

戸惑った様子で、貞が尋ねてきた。

「分からないのなら、お教えしましょう」

忠司は貞に微笑んだ。

「姫君は、三郎殿がご自分に冷たいと思っておいででしょう。そのことを寂しいとも思っておいでだったはず。ですが、それには理由があるのです」

「理由と申されても……。ただ私を気に入らないからではないのですか」

貞は困惑気味に答えた。

「いいえ、むしろその反対です。三郎殿はご出自のせいで、いずれ争いごとに巻き込まれるかもしれないと恐れておられるのです。もちろん、そうした用心は大切でしょう。判官殿が今危うい立場におられるのも、河越家が難に遭ったのも、根は同じことでしょうから。そして、三郎殿は姫君をそうしたことに巻き込みたくないとお思いになった。無論、大切に思えばこそです」

「三郎さまが……?」

貞の眼差しが惟宗三郎へと注がれる。おそらく、その目に映る惟宗三郎の姿は、これまでとは違っているのではないか。惟宗三郎は横を向いたまま、貞とも忠司とも目を合わせようとしなかったが。

「わざと姫君から嫌われるようなそぶりもしたのではないでしょうか。悪者のふりをするのは決して楽なことではありません」

「松原さま……」

「姫君にはそのことに気づいていただきたかった。惟宗三郎殿にもご自分の心に従って、生きていただきたかった」

「松原さまは……お優しいお方なのですね。だから、三郎さまのお気持ちに気づいてくださった」

「姫君のお気持ちにも、です」

忠司は涙ぐむ貞に優しく言い、それからやはり泣き出しそうな顔つきになっている副将を見つめた。

「若君とは京からずっとご一緒してきましたゆえ、これからもおそばにと思う気持ちはあります。ですが、若君を危ういことに巻き込みたくないという気持ちは私にもある。もし私の行く手に危ないことがないと思う時が来たら、若君をお迎えに参りましょう。ただ、それまでは畠山殿がお許しくださるのであれば、こちらでお過ごしになっていただくのがよいと考えています」

「無論、若君をお預かりすることに異論などない」

忠司の言葉を受けて、重忠はすぐに答えた。それから副将に目を向けると、

「若君が松原殿を慕う気持ちは分かりますが、私も松原殿のおっしゃるようにするのがよいと思います」

と、言葉を添えた。

「私がついていけば、忠司は私のために戦わねばならなくなる。それが余計な仕事になるのは分かる」

副将は涙をこらえながら、懸命に言った。

「だから、忠司の言う通りにする。そして、私もここで強くなる。さすれば、忠司が迎えに来てくれる日も早まるのであろう？」

「まことにその通りです」

忠司は副将の前に跪き、その体をそっと抱き締めた。副将は袖で涙をぬぐい、笑顔を見せる。

「貴殿を引き止めたいという気持ちは、若君にも劣らぬつもりだが、貴殿の志を無にしたくはない。くれぐれも、お気をつけて。若君のことはご心配なく」

重忠が忠司の手を取り、両手で握り締めながら言った。

「畠山殿のご親切は生涯忘れぬ」

忠司も重忠の手に空いている方の手を添えて言う。それから、忠司は惟宗三郎の前へ移動した。

「貴殿が案じておられるようなことは、おそらくこの先、起こるまいと思う。根拠は示せないが、俺の言葉を信じてほしい」

惟宗三郎は忠司と目を合わせ、しっかりとうなずいた。

「貴殿の言葉を信じよう」

「そう言ってもらえてありがたい」

「朋有り遠方より来る。知っているか」

「ああ、確か孔子だったか」

「『論語』だ。ずっと考えていた。貴殿はどんな遠いところからやって来たのだろうと――」

その通りだ。自分は本当に遠いところからやって来た。この世界をどこまで旅していったとしても、決して行き着けぬほど遠いところから――。

「俺を友と呼んでくれるのか」

薩摩藩主の祖となる男が、こんな自分のことを「友」と――。

「他に言いようはあるまい」

惟宗三郎が揺るぎない口ぶりで言う。その言葉と眼差しを胸に刻み、忠司は静かにうなずいた。

大切な人々との別れは終わった。忠司は弁慶に目を向け「お待たせいたした」と告げる。

「まことによろしいのだな」

最後に念を押す弁慶の言葉に、「無論」と忠司が答えようとした時だった。

「皆さま、空が……」

不意に、貞が不安そうな声を出した。促されるように、一同は空を見上げる。

先ほどまで白い雲が浮かんでいた空に、いつしか墨色の雲が流れ込んできていた。ひと雨来そうな——と思ったそばから、激しい風が吹きつけてくる。瞬く間に辺りは暗くなり始めた。

「うわっ」

副将が驚いた声を上げる。

空から細かい霰(あられ)が降ってきたのだった。忠司の体は自然と動き、気づいた時には副将の頭に覆いかぶさるような形で、その身を抱き締めていた。

「忠司、そなたが痛かろう」

副将の気遣う声がくぐもって聞こえたが、「私は大事ありません」と忠司は答えた。

「春先の霰か。ひとまず木陰へ」

重忠の勧めで、一同は鬼門の丘の下にある木立へ向かった。忠司は副将の身を庇いながら移動する。

「まあ、霰はすぐにやむであろう。出立は少し延びるが、しばらくはここで待たれよ」

重忠が忠司と弁慶に言った。何げなくうなずこうとしたその時、似たような状況で似た言葉を聞いた記憶が、唐突に忠司の胸によみがえった。

――まあ、霰はすぐにやむであろう。何のもてなしもできぬが、しばらくゆるりとしていかれよ。

その言葉を忠司にかけてくれたのは、伊地知十兵衛――島津久光に仕える侍だった。

――武蔵国に地盤を築いていた秩父氏をご存じか。……伊地知家はその支流なのだ。

そうだ。伊地知は自分の先祖が秩父氏だと言っていた。

そして、秩父平氏という言葉は、この世界に来て何度も聞いた。

――判官殿の北の方です。河越殿の姫君で、我が家とは同じ秩父平氏ですから、お付き合いもありましたし。

――貴殿は河越殿より、秩父平氏棟梁の座を譲り受ける形となったのではないのか。その座をいともあっさり捨てさることを……。

他ならぬ河越家と畠山家は秩父平氏の流れを汲む一族なのだ。忘れていたわけではないが、伊地知十兵衛と結びつけるには、あまりに両者がかけ離れていた。

――本来、秩父平氏の嫡流は、河越氏や畠山氏だったのだが、鎌倉幕府が世を支配していた頃、粛清されてしまったのだ。武蔵国に領地を持つ坂東武士は皆、同じような……。

伊地知は教えてくれていた。どうして、その言葉を今の今まで忘れていたのだろう。

河越氏や畠山氏――伊地知は名指しでその末路を教えてくれていたというのに。

「畠山殿」

重忠を呼ぶ声はつい緊迫したものになってしまった。

「どうした、松原殿」

重忠が訝しげな目を向けてくる。

いずれ畠山家が河越家のように滅ぼされることになる、そのことを曇りのない心を持つ重忠に、どう伝えればよいのだろう。

かつて義経に同じようなことを伝えようかと悩み、どうにも伝えようがなかったことが思い出される。だが、すでに頼朝との仲がうまくいかず、その悪化も想定していた義経とは異なり、重忠には何の心構えもないだろう。だから、用心するように伝えるだけでも、助けになりそうだ。

(だが、畠山家が滅ぼされるのは、いったいいつなのだ。源頼朝の死後かどうかすら、俺は知らん。滅ぼされることになった原因すら——)

そんなあいまいな知識だけで、何に用心しろと重忠に伝えればよいのだろう。

「松原殿」

その時、惟宗三郎が声をかけてきた。忠司はすぐに目を向ける。

惟宗三郎には今さっき「案じるようなことは起こらない」と言ったばかりだ。

おそらく、やがて島津を名乗る惟宗三郎自身に、滅亡の危機などはないはずだ。

だが、妻として迎えた貞の実家が滅びるようなことになれば、案じることはないなどと言ってよいわけがない。

「その、先ほど案じるには及ばぬと言ったが、それは貴殿の身には、ということであって……」

忠司が自分に言える限りの言葉で必死に説くのを、惟宗三郎は息を詰め、真剣な表情で聞いていた。

「それは、畠山殿のことか」

忠司のしどろもどろの言葉から、惟宗三郎は重要なことを察したようであった。

「何の話だ。私がどうだと言うのだ？」

重忠が話に入ってきたが、忠司は返事をすることができなかった。

「松原殿は畠山殿に用心してほしいと言いたいのだ。私は嫌でも用心せずにいられぬ質（たち）だが、畠山殿はやや人を信じすぎるきらいがあるからな。河越殿が滅ぼされ、秩父平氏の束ねとなった今、用心が要るのは当たり前だ」

代わりに、惟宗三郎が重忠に告げた。

「……そうか」

重忠はうなずきつつも、すっきりしない表情を浮かべている。今、惟宗三郎が告げたことならば、どうして忠司が口にするのを躊躇（ちゅうちょ）したのか分からないからだろう。

「畠山殿はその善良さゆえに足をすくわれるのではないかと言っているのだ。松原殿はそれをはっきりと言えば、畠山殿に失礼かと遠慮したのだろう」

惟宗三郎がさらにきわどい言葉で、悪役を引き受けてくれる。

「私はさようなことで不快になったりせぬゆえ、はっきり言ってくれてよいのだが」

重忠が怒りもせず、忠司に笑顔を向ける。

二人とも、出会った時から変わらないなと、忠司は思った。出会った時からなどと言っても、さほど長い時を共に過ごしたわけでもないのに、もう長い間を共にしてきたなじみのように思える。

「俺はここを去っても、もし貴殿たちに何かあれば、すぐに駆けつける。たとえどれほど遠いところにいたとしても」

忠司は改めて約束し、傍らの弁慶に目を向けると、弁慶も「心得た」とうなずき返した。

「忠司、あれを見よ」

その時、副将が明るい声を上げた。副将が指さしている西の方へ目を向けると、何と秩父の山に虹がかかっている。霰はいつしかやんでおり、空は明るさを取り戻していた。

「まるで、松原殿の出立を寿いでいるようですわ」

貞が晴れやかな声で言い、男たちはそれぞれうなずいた。

「では、弁慶殿。今度こそ参ろうぞ」

忠司は弁慶を促した。

弁慶はうなずき、重忠らに深々と頭を下げると、忠司の先に立って歩き出す。

忠司は副将、貞、重忠、惟宗三郎――別れる人々の顔をしっかりと目の奥に焼き付けた。

「忠司、達者でな」

最後の最後、こらえきれぬというふうに副将が言った。

「忠司が迎えに来てくれるのを待っている」

副将の必死の声に、忠司は深くうなずき、皆に背を向け歩き出した。

菅谷館の敷地の北辺を、西に向かって一歩ずつ進む。目の前には美しい虹がかかっていた。

その虹が薄れ始めた頃、

――シャラン。

忠司の耳は錫杖の輪が立てる澄んだ音を聞いて、はっとなった。

「弁慶殿」

弁慶は錫杖を持っていない。

「どうなさった」

弁慶が足を止めて振り返る。

「今、錫杖の音が聞こえなかったか」

「錫杖？　はて。拙僧も松原殿も錫杖は持っておらぬし、近くに人は……」

そう言って、弁慶は周辺を見回す。忠司も同じように辺りを見回したが、人影はなかった。

「気のせいだったか。申し訳ない」

そう謝りつつ、忠司はかつて辻の地蔵尊の前で出会った修験者を思い出していた。

――おぬしは本来ここにはいない者。されば、おぬしのしたことが、この世の道理を変えることになりかねん。

修験者から聞いた言葉もよみがえる。

（道理を変えるのだとしても、俺は俺を頼ってくれる人を助けたい。そして、そ

れは俺にとっては、道理を曲げることではなくて、曲がった道理を正すことだ）

忠司は目の前にいない修験者に、自分なりの答えを返す。

――シャラン。

再び錫杖の音を聞いたように思ったが、忠司はもうその場に留まり続けはしなかった。

すでに歩き始めた弁慶の後を追い、再び歩き始める。虹はもはや消え、秩父の山の上には淡く優しい色の空が広がっていた。

終章

それから十九年の歳月を経た、元久二（一二〇五）年六月下旬。

畠山重忠の居館、菅谷館に「鎌倉へ参るように」と命じる使者が訪れた。

「鎌倉に異変あり」

との物々しい知らせである。

重忠は武装して鎌倉へ向かった。その兵の中に、僧衣をまとい、薙刀を手にした松原忠司もいた。

ところが、武蔵国を二俣川まで進んだ時、

「一大事にございます」

畠山軍は鎌倉方面から駆けつけた郎党と鉢合わせする。重忠が鎌倉にいる嫡男重保に付けていた者であった。

必死に馬を駆けさせてきた郎党は荒い息で報告した。

「殿は鎌倉にて、謀反人とされております。若君（重保）はすでに討たれ、間もなく執権殿（北条時政）のご命令により討伐軍がまいりましょう。今すぐ菅谷館へお戻りを」

「何と、畠山殿が謀反とはどういうことか」

重忠の隣で、忠司は太い声を出した。

重忠は呻くような声を漏らしたものの、言葉は発しなかった。

（ついに、こうなってしまったか）

忠司は空を仰ぎ、目をつむった。

かつて弁慶に乞われ、平泉まで義経の供をし、何とかその身を助けられないものかと心を砕いたが、叶わなかった。

忘れもしない、あれは文治五（一一八九）年閏四月三十日。

平泉の高館で暮らしていた義経たちは、奥州の支配者藤原泰衡の手勢に攻められた。信頼して身を寄せていた相手の突然の裏切り。

それは、源頼朝が泰衡に圧力をかけた結果であったと推測された。

この時、義経と共に戦って死のうとした忠司に、

――生きよ。

と、命じたのは義経だった。

――さよう。貴殿は畠山殿や惟宗三郎殿のもとへ戻られるべきだ。

弁慶も言った。

――拙僧のわがままに付き合ってくれてありがたかった。だが、最後は我ら主従だけにしてくれ。

それらの言葉に背を押されるように、忠司は燃え盛る義経の館を脱け出し、義経配下の中でただ一人、命を拾った。

そして、三ヶ月ほど後、頼朝率いる奥州討伐軍に加わっていた畠山重忠、惟宗三郎との再会を果たしたのであった。

それからも、さまざまなことがあった。

義経を討った奥州平泉の藤原氏が滅ぼされ、征夷大将軍となった頼朝も死に、惟宗三郎の母方である比企家も滅ぼされた。その際、惟宗三郎は連座して守護職を失い、以後は妻の貞と京で暮らしている。

そして、御家人として皆に敬われていた畠山重忠は、この頃、北条得宗(とくそう)家から警戒され始めていた。

武蔵国の有力な豪族は、河越氏、比企氏と立て続けに命を奪われている。河越家の当主は義経の縁者であったという理由で、比企家の当主は北条時政の騙し討ちに遭う形で。

次は畠山の番か――という暗い予感が菅谷館全体を覆うようになっていたことを、忠司も肌で感じていた。

だが、だからといって、どうにもならないのがこの時代の武士の宿命である。

(俺があの時、判官殿に殉じなかったのは、畠山殿を助けたいと思えばこそであったのに……)

結局は、誰も助けられないのか。

――シャラン。

錫杖の輪の鳴る音を聞いた気がして、忠司ははっと目を開けた。思わず周囲を見回したが、錫杖など持つ者はいないし、かつて一度だけ会った修験者の姿もなかった。

「殿、このまま突き進み、若君の仇を討ちましょうぞ」

「いや、菅谷館へ戻り、北条軍を迎え撃つべきだ」

周りでは、畠山家の郎党たちが盛んに気を吐いていた。

その中で、重忠は一人静謐であった。年を重ね、この世の惨いことも醜いものも数々目にしてきたというのに、重忠はどこまでも清くまっすぐな男であった。この友が濁世に汚されなかったことを——その姿をこうして目にできたことを、忠司は誇らしく思う。

「進もうと退こうと、我らの運命は変わるまい。ならば、ここで北条軍を迎え撃つ。武蔵武士の意地を見せてやろうではないか」

重忠の言葉に、郎党たちが「おお」と奮い立つ。

最後の戦場は二俣川と決まった。

郎党たちがそれぞれ敵を迎え撃つ支度にかかった時、

「松原殿」

と、重忠は忠司に目を向けた。

「貴殿はこのままここを去ってくれ」

「何を言うのだ。運命は変わらぬと貴殿は言うが、京からは島津三郎殿も駆けつけてくださろう。我ら三忠がそろえば、北条軍など何するものぞ」

重忠が菅谷館を出立する際、京へ使者を送ったことを忠司は知っていた。今は島津と名乗るようになった三郎を万一に備えて呼び寄せたのではないかと推測している。

島津三郎のもとには、今や立派な若者に成長した副将もいる。本来の素性を探られぬよう、形ばかり重忠の親族の養子となり、忠司らに共通する「忠」の字と、亡父宗盛から「宗」の字を受け継ぎ、忠宗（ただむね）と名乗っていた。

島津三郎と忠宗が駆けつけてくれさえすれば、何百、何千の味方を得たも同じこと。忠司はそう思い、重忠も同じ気持ちだろうと考えていたのだが、

「三郎殿は来ない。この先、畠山家に何が起ころうとも、鎌倉へは来るなと言い送ったのだ」

と、重忠は落ち着いた声で告げた。

「何と……」

忠司は絶句した。

「松原殿の長年の友誼（ゆうぎ）に感謝する。もうここまででよい。行ってくれ」

曇りなき重忠の目から、忠司は目をそらした。

「かつて死を覚悟した判官殿も、俺に同じことを言った。あの時はその言葉に甘えさせてもらった。この世に未練があったからだ。貴殿や三郎殿の行く末を見届

けたいという未練が……」

だが、そうまでして生き延びたにもかかわらず、重忠に義経と同じ言葉を吐かせてしまうことになろうとは。

「松原殿はやはり、後の世が見えていたのだな」

重忠が淡々と呟いた。

忠司ははっと重忠に目を戻した。これまで二人の間で、このことが話題になったことはない。忠司の予見の力について、おそらく察していたであろう島津三郎も、あれ以来、口にすることはなかった。

だが、今になってはもう、忠司も隠す気はないし、重忠も同じ気持ちのようであった。

「前に三郎殿が口にしたことがあったろう。松原殿は私たちが知る今の世より、ずっと後の世から来たのであろう、と——。あの時は、三郎殿の頭が混乱していると思っただけだが、今は私にも分かる。松原殿が私のもとへ来てくれたのは、畠山家の滅亡を何とか食い止めようとしてなのだろう」

忠司は返事をしなかった。だが、重忠もそれは求めていなかったのだろう。

「最後に一つだけ教えてほしい。この先、島津三郎殿と貞はどうなる？　私の死後も無事でいられるか」

重忠の眼光が不意に鋭くなる。真剣なその眼差しに、忠司は無言でうなずいた。

重忠はふうっと安堵の息を漏らした。

「島津家は……薩摩で何百年と繁栄を誇る。俺の知る限り滅びることはない」

「そう……か。よかった」

重忠は込み上げるものをこらえるように、空を見上げた。肩を震わせるその姿を見つめながら、

(ああ、俺はこの男と共に戦い、共に死ぬために、この時代に来たのだな)

と、忠司は自らの不思議な来し方(こかた)に思いを馳せた。

(この男が命を懸けて守らんとする島津三郎殿の安寧(あんねい)を見届けるためにも――)

重忠が島津三郎を畠山家の滅亡に巻き込まないことで、島津家の安泰は守り通される。今、この瞬間、島津家の行く末が定まったのだ。

やがて、重忠の眼差しが戻ってくると、

「俺がここで共に戦うことを、許していただけるな」

と、忠司は安らかな声で問うた。もはや心中には、憂いも懸念もまったくない。

「かたじけない、我が友よ」

重忠の言葉に、忠司は深くうなずき返した。

重忠と忠司が決断をしてから、敵の大軍を見るまでに、さほど長い時はかからなかった。

鎌倉からの討伐軍を率いているのは、執権北条時政の子息、義時であった。鎌倉中の御家人が北条側についており、その数およそ三万。

迎え撃つ畠山軍はわずか百三十騎である。

「敵に背を見せるな。武蔵武士の誇りを見せよ」

重忠の鼓舞に畠山軍は大いに沸き立つ。

忠司はこの時、騎馬で参戦した。得意の柔術は、この数の差ではおよそ力を発揮できまい。ならば、この時代にふさわしいやり方で、最期を飾って見せようではないか。

「やあやあ、遠からん者は音にも聞け。近くば寄って目にも見よ。我は今弁慶なり」

先頭を切って躍り出た忠司の名乗りに、敵兵が大きく動揺する。

「何ゆえ弁慶がここにいる」

「平泉で死んだのではなかったか」

忠司の格好を見て、弁慶と勘違いし、慌てふためいているようだ。しかと今弁慶と名乗っていようが。

だが、勘違いしているのなら、それでいい。一人でも多くの兵を倒し、畠山家滅亡の時に華を添えてやろう。

「いざ、今弁慶と勝負せんと思う者はまとめてかかってくるがいい」

うおおーという雄叫びと共に、忠司は敵陣の中へ突っ込んでいった。

二刻（四時間）の後。

百三十騎ではとうてい持ちこたえられぬ長い時を経て、畠山軍は全滅寸前まで追い詰められた。

「敵将、畠山庄司次郎を討ち取ったり！」

という大音声が忠司の耳を打つ。

「畠山殿――」

友を呼ぶ自分の声だけがやけに澄んで聞こえた。

「もはやこれまで」

忠司は振り回していた薙刀の柄をしっかと握り、地面に両足を踏ん張った。

「それ、矢を射かけよ」

忠司の体に矢が雨のように降り注がれる。

忠司は不動の姿勢で立ち続け、そのまま他界した。

「あの弁慶殿に勝るとも劣らぬ戦いぶりと忠義の厚さ。このような男が世に二人もいようとは」

見事な立ち往生を遂げた今弁慶に、賞賛の言葉を吐く者もいた。だが、その素性を知る者は鎌倉軍の中には一人もいなかった。

畠山重忠の首は鎌倉へ持ち帰られ、その後、謀反が濡れ衣と分かったことにより、その遺骸は手厚く葬られることになった。が、素性の分からぬ今弁慶の骸は他の兵と同様、二俣川の戦場跡に捨て置かれた。

のちに、鎌倉将軍への帰参が叶った島津三郎は、二俣川の戦場跡へ行き、松原忠司の墓を探した。

しかし、戦場の死者たちを弔った近在の法師に訊いても、それを手伝った村人たちに訊いても、誰もが口をそろえてこう言うばかりであった。

——頭を丸めた僧兵の骸など、一つもございませんでしたよ。

あるいは、こう付け加える者もいた。

――戦いの直後、錫杖を持った修験者が経をあげておりましたな。あの人に訊けば分かるかもしれませぬが。

その修験者がどこへ行ったのか、知る者もまた、一人もいなかった。

解説

細谷正充（文芸評論家）

篠綾子が、新選組隊士を主人公にした長篇を上梓した。このように聞いても、驚く人は少ないだろう。現在、複数の文庫書き下ろし時代小説シリーズを抱えている人気作家だが、初期は歴史小説が中心であった。また、二〇一九年には、織田信長の妻・濃姫を主人公にした『岐山の蝶』、翌二〇年には、平安時代の歌人・小野小町を主人公にした『桜小町　宮中の花』と、近年になっても優れた歴史小説を発表しているのだ。新選組隊士を扱っても、なんの不思議もないのである。

だが、隊内で粛清されたはずの隊士が、気がついたら壇ノ浦の戦い直前の長門に現れるというストーリーには驚いた。まさか、このような物語を執筆するとは！　単著としては光文社文庫初登場となる本書は、作者の新たな可能性を示した作品といえるだろう。

なんらかの方法で現代人が過去に行く、あるいは、なぜか現代人が過去に迷い込む。半村良の『戦国自衛隊』『講談 碑夜十郎』、眉村卓の『還らざる城』、檜山良昭の『戦乱！邪馬台国』、風野真知雄の『「元禄」を見てきた』、柳内たくみの『戦国スナイパー』など、多数の作品を挙げることができる。石川英輔の「大江戸神仙伝」シリーズ、山本巧次の「大江戸科学捜査 八丁堀のおゆう」シリーズのような、主人公が現代と過去を往来する作品もある。ただ、作家の顔ぶれを見ると、純然たる歴史時代小説家が、ほとんど見当たらない。平凡なサラリーマンが滝の裏に落ちて、気がついたら天明六年の農村だったという、『通りゃんせ』の作者の宇江佐真理くらいだろう。これは、タイムスリップやタイムリープという題材が、ＳＦやファンタジーのものだからだと思われる。近年では、現代人（もしくは現代人の意識）が過去に行き、歴史を改変するネット小説も、山のようにある。

さて、極少数ではあるが、現代人が過去に行くのではなく、過去の人物がさらなる過去に行くという作品も存在する。山本巧次の『鷹の城』は、江戸の同心が戦国時代にタイムスリップし、籠城中の城内で起きた殺人事件を解決した。山田風太郎の『柳生十兵衛死す』は、有名な剣豪の柳生十兵衛が、室町時代にタイムスリップする。咄嗟に思いつく〝小説〟は、この二作である。だから新選組隊士が、源平合戦の終わりから鎌倉時代初期を生きる本書は、きわめてユニークな作品といえるのだ。

ただし漫画では、新選組が過去にタイムスリップする話がある。富沢義彦原作・朝日曼耀作画の『戦国新撰組』だ。新選組の面々が戦国時代にタイムスリップし、激動の時代を生き抜こうとする、面白い作品である。もちろん本書は漫画とは、内容も狙いも違う。まったくの別物であり、新鮮な気持ちで物語を楽しめるのだ。

新選組四番隊隊長の松原忠司は、壬生浪士組時代、大薙刀を手に仙洞御所と禁裏の門の守護を務めたことから、「まるで武蔵坊弁慶のようだ」といわれ「今弁慶」と呼ばれるようになる。また、薩摩藩主の実父の島津久光と顔を合わせる機会があり、伏見の屋敷に招かれた。その屋敷で忠司は、薩摩琵琶を弾いた奥女中のおるいという女性に惹かれる。おるいは久光の遠縁だ。おるいの暮らす家に出入りするようになり、ついに結ばれた忠司。しかし土方歳三から長州と通じているという濡れ衣を着せられ、粛清されそうになった。土壇場で逃げ出した忠司だが、おるいと一緒に追い詰められ、自らの腹に短刀を突き刺したのである。

これにより忠司は死んだはずだった。だが、なぜか見知らぬ場所で目が覚める。古臭い恰好をした周囲の人々は、彼のことを「弁慶殿」と呼ぶ。いろいろな情報によって、どうやら壇ノ浦の戦い直前の長門であることが分かった。さらにここは、源義経の陣営らしい。自分とそっくりの、本物の弁慶が現れたことで、間者と疑われる忠司。惟宗三郎という態度の大きい男に囚われ、畠山重忠に会ったりする。そして壇ノ浦の戦いが終わり、間者の疑いが晴れた忠司は、義経一行に加わり、京の都に戻ったのである。

松原忠司は、実在の新選組隊士である。四番隊隊長で、柔術師範。今弁慶と呼ばれていたのも、本当のことだ。新選組の記録では病死だが、死因には諸説がある。作者がどこからこのような話を思いついたのかは分からぬが、本書の発想の原点は忠司が、今弁慶と呼ばれていたことだろう。そこから武蔵坊弁慶を連想し、忠司をタイムスリップさせ、源平合戦後の揺れ動く時代に絡めたストーリーを創り上げたのではなかろうか。

現代人が過去に行ったら、その時代にない知識・道具・技術を使って活躍する。このタイプの話には、そのようなストーリーが多い。では本書はどうなのか。感心したのは忠司の扱いだ。たとえば壇ノ浦の戦いで、いかにして海戦に勝利すべきかと三郎に問われた忠司は、「水主だっ！」と答える。聡明な三郎は、その言葉から水主を射殺して、敵の動きを止めることだと察し、義経に進言するのだ。当時の戦では、非戦闘員の水主への攻撃はあり得ない。なるほど、このように忠司の知識を活用するのかと感心した。……と思ったら、すでに義経が水主への攻撃を考えていたことが判明する。忠司がいようといまいと、史実は変わらないのだ。ただ、義経が忠司を認めるきっかけになっているのである。バタフライ・エフェクトというには、あまりにも細やか。でも、存在しないはずの忠司とかかわることで、人の心は少しだけ変わるのである。

さらにいえば忠司の過去の知識は大雑把だ。自分のことを弁慶だと誤解しているらしい義経に、初めての出会いが京の五条大橋だったかと聞き、「何を言う。五条に橋など架かっていなかろう」といわれる。その他にも、まだ当時なかった壬生寺のことを話したりして、三郎に不審がられる。慌てたり困惑したりしながら、幾つもの齟齬を誤魔化していく忠司の言動も、愉快な読みどころになっている。

一方、大きく史実を変えた部分もある。京の都に戻った忠司は、再会した重忠から、彼の親戚筋の河越小太郎を引き合わされる。そして重忠から平家の総大将だった平宗盛の息子で、まだ幼い副将が処刑されることを知り、これを助けることを決意した。責任者の三郎の目こぼしもあり、副将を救出。重忠の勧めにより、萱谷館がある武蔵国を目指すことにするのだ。副将の処刑という史実を、大きく捩じ曲げた展開だ。しかし歴史の流れ自体が変化することはない。これは歴史の強制力といったSF的なことではなく、作者の歴史に対する誠実な姿勢の表れであろう。

以後、落ち武者狩りを柔術で蹴散らし、忠司と副将は萱谷館にたどり着く。その館にいた重忠の妹の貞が、おるいにそっくりであったことから、彼は複雑な感情を抱くのだ。また、自分が副将の人生を変えてしまったのではないかと悩む忠司に貞は、その考えを否定し、

「人は行く末を知ることができません。でも、だからこそ、怖がらずに生きていくことができるのでしょうね」

という。これが本書のテーマではなかろうか。謎の修験者(タイムパトロールか?)の言葉により、自分が歴史を変える可能性があることを、忠司は嫌でも自

覚する。義経のたどる運命などを知っており、伝えるべきかどうか迷う。貞の言葉に同意しながら、未来人であるからこそ、忠司の悩みは尽きないのだ。

でも今、彼が生きているのは幕末ではなく、鎌倉時代初期ではないか。重忠や三郎と、友情を育む。貞に淡い想いを抱く。訳あって、武蔵坊弁慶と闘う。たとえ歴史の流れが変わらなくても、その中で生きる忠司の選択は自分自身のもの。己の行く末は、常に未知だ。だから未来を怖れることなく、果敢に生きていきたい。そこに時代を超越した、作者のメッセージがあるのだ。

さて、いささか遅くなったが、畠山重忠と惟宗三郎についても触れておきたい。重忠は、鎌倉幕府の有力な御家人。しかし源頼朝の死後、謀反の疑いをかけられ滅ぼされた。二〇二二年のNHK大河ドラマ『鎌倉殿の13人』で中川大志が好演し、大きく知名度がアップした人物である。一方の三郎だが、この名前で分かる人は、少ないかもしれない。誰なのか判明したときに、驚きが味わえるようになっているので、詳しく書くことは控えよう。物語の冒頭の幕末部分が、この二人と呼応するようになっており、歴史の連なりを、あらためて実感できるようになっているのだ。

本書は、篠綾子の異色作である。しかし読み進めるうち、他の作品と同じように、一所懸命に生きる主人公の姿に心を打たれた。篠作品の本質は変わらない。熟読すべき物語世界が、ここにあるのだ。

引用文献

東京琵琶歌会編『薩摩琵琶歌集』（大学館）

光文社文庫

文庫書下ろし／長編歴史小説

翔べ、今弁慶！ 元新選組隊長 松原忠司異聞

著 者 篠 綾子

2023年3月20日 初版1刷発行

発行者 三 宅 貴 久
印 刷 新 藤 慶 昌 堂
製 本 榎 本 製 本

発行所 株式会社 光 文 社
〒112-8011 東京都文京区音羽1-16-6
電話 (03)5395-8149 編 集 部
8116 書籍販売部
8125 業 務 部

ISBN978-4-334-79512-2 Printed in Japan

組版 萩原印刷

藤原緋沙子

代表作「隅田川御用帳」シリーズ

江戸深川の縁切り寺を哀しき女たちが訪れる——。

第一巻 雁の宿
第二巻 花の闇
第三巻 螢籠
第四巻 宵しぐれ
第五巻 おぼろ舟
第六巻 冬桜
第七巻 春雷
第八巻 夏の霧
第九巻 紅椿
第十巻 風蘭
第十一巻 雪見船
第十二巻 鹿鳴(はぎ)の声
第十三巻 さくら道
第十四巻 日の名残り
第十五巻 鳴き砂
第十六巻 花野
第十七巻 寒梅〈書下ろし〉
第十八巻 秋の蟬〈書下ろし〉